Drum lüge, wenn sich Besseres findet

Pino Manzana

AF203014

Für meine Frau, Freundin und Geliebte.
Danke für eure Unterstützung.

© 2025 Pino Manzana
2. Auflage

Lektorat: Alexandra Gentara (www.lektorat-gentara.de)
Coverdesign, Satz & Layout: © chaela (www.chaela.de)

ISBN Softcover: 978-3-347-96696-3
ISBN E-Book: 978-3-347-96697-0

Druck und Distribution im Auftrag des Autors:
tredition GmbH, Heinz-Beusen-Stieg 5, 22926 Ahrensburg, Deutschland
Das Werk, einschließlich seiner Teile, ist urheberrechtlich geschützt.
Für die Inhalte ist der Autor verantwortlich.
Jede Verwertung ist ohne seine Zustimmung unzulässig.
Die Publikation und Verbreitung erfolgen im Auftrag des Autors,
zu erreichen unter: tredition GmbH, Abteilung "Impressumservice",
Heinz-Beusen-Stieg 5, 22926 Ahrensburg, Deutschland.

PINO MANZANA

Drum lüge wenn sich Besseres findet

*L*ustlos hievte sich Julian aus seinem Stuhl. In einem Regal, das wie die anderen Möbel in lebensverneinendem Grau gehalten war, suchte er nach einem Ordner. Er kratzte seinen Dreitagebart und fuhr mit der Hand durch sein lässig nach oben gestyltes Haar, während seine Augen das Regal Etage für Etage absuchten. Als er eine der Mappen herausnahm, fiel sein Blick auf seine Kollegin Carlotta. Gedankenversunken schaute sie aus dem Fenster. Ihre Augen folgten offensichtlich einem Pärchen, das Hand in Hand durch die Straßen spazierte, sich lachend an den ersten Schneeflocken erfreute und sich zwischendurch küssend in die Arme fiel. Schweigend beobachtete sie die beiden und zog dabei ihr langes blondes Haar durch einen Gummi, bis es zu einem sportlichen Pferdeschwanz gebunden war.

»Glaubst du, dass man die große Liebe verpasst,

weil man sich zum richtigen Zeitpunkt mit der falschen Person beschäftigt hat?« Seine Antwort erwartend, drehte Carlotta sich plötzlich zu Julian. Ihre gezupften Augenbrauen zog sie dabei weit über die kreisrunden Gläser ihrer rahmenlosen Brille hinaus nach oben. Ohne wirklich einen Gedanken an ihre Frage zu verschwenden, zuckte er lediglich mit den Schultern. »Was meint denn der Büro-Vati dazu?«, fragte Julian in Richtung seines Kollegen Hajo.

»Ich glaube«, philosophierte dieser, während er seinen Kopf am Bildschirm vorbei zum Vorschein brachte, »dass man ihr überhaupt erst begegnen kann, wenn man zu sich selbst gefunden hat.« Genervt atmete Hajo aus, als er in die fragenden Gesichter der beiden schauen musste. »Man trifft sich und passt zusammen wie Topf und Deckel, ohne umeinander kämpfen oder es auf eine sonstwie bescheuerte Art erzwingen zu müssen. Bis dahin gerät man auf der Suche nach dem Topf an Pfannen oder Woks, und manchmal entpuppt sich ein vermeintlicher Deckel nur als Frischhaltefolie. Diese Lektionen muss man verstehen und man muss durchhalten, was auch immer einem auf diesem Weg passiert. Dadurch findet man zu sich selbst. Erst dann ist man reif füreinander. Erst dann kann ein Topf einen halbwegs brauchbaren Deckel überhaupt erkennen. Wenn sich daraufhin zwei Wege kreuzen, kann aus dieser Begegnung ein gemeinsames Leben entstehen.«

Carlotta ließ seine Worte kurz wirken. »Also von Anfang an perfekt?«

»Verdammt, Lotti!« Hajo sprang von seinem Stuhl auf und begann, loszuwettern. »Wartest du etwa immer noch auf den scheiß Traumprinzen, der auf seinem Einhorn angeritten kommt und dich mit auf sein rosa Zuckerschloss im Regenbogenland nimmt?«

Sie wandte ihren Blick wieder ab und schaute erneut nachdenklich aus dem Fenster. »Ich glaube weder an Einhörner noch an Zuckerschlösser. Eigentlich denke ich eher rational.«

»Rational!?«, schrie Hajo sie halb cholerisch an.

Lachend warf Julian seinen Kopf in den Nacken. »Das sind doch Weisheiten aus einer Zeit, als du noch nicht wie Bruce Willis ausgesehen hast. Als dein Haupthaar noch an der richtigen Stelle saß und nicht unkontrolliert aus deinem Hemdausschnitt gequollen ist. Das ist doch esoterischer Dünsch.« Er zwinkerte Hajo zu, und bevor dieser noch eine weitere Lebensweisheit von sich geben konnte, stellte Julian den Ordner an seinen Platz, klopfte seinem Kollegen im Vorbeigehen auf die Schulter und verließ das Büro.

Für 40 Cent pumpte ein Kaffeeautomat eine dampfende braune Flüssigkeit monoton brummend in einen grauen Wegwerfbecher. »Schmeckt wie immer wie Körperverletzung«, raunte Julian, während Hajos Worte in seinen Gedanken nachhallten. »Töpfe und Deckel und Pfannen und Woks? Vielleicht auch noch Bräter und Dampfgarer!?« Und doch ließ ihn der Vortrag nicht los. Vielleicht passierte das Richtige wirklich nur zur richtigen Zeit mit der richtigen Person. Vielleicht verstand man erst dann, warum es mit allen anderen nicht funktionieren konnte. Vielleicht musste man erst ein paar Erkenntnisse verinnerlicht haben, bevor man etwas wirklich Echtes aufbauen konnte. Vielleicht war aber auch alles reiner Zufall und man redete sich das nur schön, um sich etwas *ganz Besonderes* einbilden zu können. Wie all diese Bilderbuchpärchen, die nach außen eine perfekte Welt simulierten und hinter dieser Fassade die einfachsten Dinge nicht gebacken bekamen. Der leere Pappbecher landete im Müll und Julian wieder auf dem Stuhl vor seinem Schreibtisch.

Hajo und Carlotta waren bereits gegangen, der Papierkram an Julians Platz wartete jedoch geduldig in Gesellschaft zahlloser unbeantworteter Mails. Als seine Arbeitsmoral unter einen messbaren Wert sank, war die Sonne schon lange hinter dem Horizont verschwunden. Julian ließ die Bürotür ins Schloss fallen, stieg in sein Auto und verließ den Parkplatz in Richtung Feierabend.

Auf dem Heimweg lauschte er den üblichen Radiosendern. Die aktuellen Charts liefen rauf und runter. So lange, bis sie kein Mensch mehr hören konnte. Handyklingeln unterbrach die Hitliste der Eintönigkeit. Auf dem Display war »Hendrick« zu lesen. Bestimmt steckte er wieder in Schwierigkeiten. Außer ihren Eltern hatten die beiden nicht viel gemeinsam, und diesen Anruf anzunehmen, würde garantiert die geplante Verabredung mit einem tschechischen Bier auf seinem gemütlichen Sofa platzen lassen.

»Ach komm, leg bitte wieder auf.«

Julian seufzte, kam zu dem Schluss, dass Blut dicker als der deliziöseste Gerstensaft war, und drückte auf das Symbol mit dem grünen Hörer. Über die Freisprecheinrichtung ertönte die Stimme seines Bruders: »Ich lad dich zum Griechen ein, auf meinen neuen Job. In einer Stunde?«

𝒩icht ins Gesicht!«, fauchte Sindy, nachdem Hendrick eine Portion warmes Glück mit seinem magischen Stab in ihr Antlitz gezaubert hatte. Mit halb zugekniffenen Augen tastete sie sich schimpfend ins Badezimmer. Das Bedürfnis, ins Badezimmer zu gehen, hatte er ebenfalls, doch hinter der verschlossenen Tür rauschte unablässig Wasser aus dem Duschkopf. Der Blick auf ihren Wecker ließ ihn langsam, aber sicher in Hektik verfallen. »Verdammt, nur noch fünfzehn Minuten.«

Hendrick sprang aus dem Bett und streifte sich hastig seine Klamotten über. Im Wohnzimmer schaute er sich kurz um und bemerkte Sindys guten Geschmack und Einrichtungsstil. Vor allem aber, dass sie eine große Yucca-Palme besaß, die in einem entsprechend geräumigen Topf wohnte. Hendrick schaute erneut zur Badezimmertür. Noch immer hörte er Wasser, das auf den Wannenboden plätscherte. Nachdenklich kratzte er sich die gepiercte Augenbraue. Plätschernd klang auch das Geräusch, das nun aus dem Yucca-Kübel erschallte. Vom Druck einer vollen Blase erlöst, fand er im Kühlschrank noch eine Cola für unterwegs. »Mach's gut, Sindy!«, verabschiedete er sich im Vorbeigehen am Bad.

»Ich heiße Susi, du Schwein!«, rief es zurück, bevor Hendrick die Wohnungstür hinter sich zuschlug. Er sprintete das Treppenhaus runter zum Auto, was noch immer mit leuchtenden Warnblinkern halb auf dem Fußweg parkte.

Durch den dichten Feierabendverkehr chauffierte er leere Warmhaltebehälter zurück zum Restaurant und ein albernes Werbeschild vibrierte im Fahrtwind auf dem Autodach, während der Regen auf das Blech trommelte und die Scheibenwischer die Gischt aus seinem Blickfeld streiften.

Das Logo vom »Flying Souvlaki Express« prangte über dem Eingang eines Gebäudes, das der Geburtsort der Salmonellenvergiftung zu sein schien. Darunter befand sich ein Panoramafenster, wodurch Julian bereits an einem der Tische sitzend zu sehen war.

»Wie immer, in Hemd und Stoffhose«, dachte Hendrick und lachte. »Vollkommen unangemessen in dieser versifften Bude.« Er sprang aus dem kleinen Lieferwagen, wie immer in zerknittertem Shirt und grauer Schnellfickerhose, schlenderte durch den Hintereingang in die Küche und kam zu Julian.

»Sorry, kleiner Bruder, die Tour hat etwas länger gedauert und mir ist noch was dazwischengekommen«, sagte Hendrick, während er einen mit Fettflecken übersäten Pizzakarton auf den Tisch fallen ließ.

»Ist dir etwas dazwischengekommen oder warst *du* zufällig wieder irgendwo zwischen?«, antwortete Julian genervt.

»Mal angenommen, ich hätte auf dem Heimweg einen Autounfall. Dann würde ich es doch sehr bereuen, das Leben nicht genossen zu haben, meinst du nicht?«

Darauf hatte Julian nichts zu antworten. Während er einen Bissen von der Pizza nahm, deren Belag man nicht wirklich identifizieren konnte, legte Hendrick sein Spaßgesicht ab und fuhr im Ernsthaftigkeitsmodus fort: »Ich weiß, dass du die Welt mit anderen Augen siehst.« Nichtssagend nahm auch Julian einen der vor ihm liegenden fettigen Teiglappen.

»Nur, weil eine Frau nicht perfekt ist, heißt das nicht, dass man nicht trotzdem eine schöne Zeit miteinander verleben kann«, fuhr Hendrick fort.

»Das ist aber eine sehr schöne Formulierung«, hakte Julian ein. »Ich hätte es so gesagt: Du hast Samenstau bis unter die Schädeldecke. Und das rund um die Uhr!«

»Zumindest bin ich offen und gebe jeder Situation die Chance, etwas Größeres werden zu können. Für dich aber, mit deinen Ausschlusskriterien und deinem Perfektionismus, ist immer alles sofort klar. Es ist, als würdest du regelrecht nach Gründen suchen, um eine Frau ausrangieren zu können. Wenn dann tatsächlich mal eine gut genug ist, trägst du sie auf Händen, nimmst jedes Mal die volle Dröhnung Herzschmerz mit, und eines Tages wirst du genau daran zerbrechen!«

Während Julian seinen Standpunkt verteidigte

und weiter Öl ins Feuer der Diskussion goss, beobachtete Hendricks Chef Kosta die beiden vom Tresen aus. Die Stühle der anderen Tische hatte er bereits hoch gestellt, ohne dass sie es bemerkt hatten. Nun lehnte er auf seinen behaarten Unterarmen und strich sich dabei mit den Fingern über seinen Schnurrbart, während er dem Gespräch schon ein paar Minuten gefolgt war.

»Ihr seid beide Malakas!«, brüllte er plötzlich mit griechischem Temperament in den ansonsten leeren Raum. Schlagartig schien die Diskussion beendet und die Brüder blickten verdutzt zum Tresen. Sein gereizter Blick traf Hendrick. »Du bist ein verdammter Gigolo!« Julian grinste und wurde augenblicklich das nächste Opfer des zornigen Helenen. »Und du musst erst mal zu dir selbst finden, bevor du mit anderen klarkommen kannst! Jetzt raus hier, ich will endlich den Laden abschließen und nach Hause! Zu meiner Familie! Die hättet ihr vielleicht auch, wenn ihr Frauen hättet! Ihr Malakas!«

Über Julians Bildschirm flimmerten abwechselnd Terminpläne, To-do-Listen und unzählige E-Mails. Noch eine Woche hatte er Zeit, um etliche Verträge zu erstellen, und er würde jede Minute dafür benötigen. In seinem Kopf jedoch schwirrten Hendricks Worte vom Vorabend und drehten dort ihre Runden. Perfektionismus war Julians Meinung nach eine positive Eigenschaft, die unter Menschen selten geworden war. Alles war nur noch schnelllebig und ohne Herzblut, ohne Leidenschaft. Dass das niemand mehr zu schätzen wusste, machte ihn sauer. In diesem Moment riss jemand die Tür auf. Franjo, Chef der Marketingabteilung und ein Schmierlappen vor dem Herrn, polterte mit einer Blondine im Schlepptau ins Büro. Dass auch Anklopfen anscheinend nicht mehr angesagt war, steigerte Julians Blutdruck noch weiter.

»Und hier ist das Office von Julian«, erklärte Franjo der Unbekannten. »Als Project Manager verantwortet er die termingerechte Fertigstellung unserer Aufträge worldwide. Seine Kollegen Hajo und Carlotta sind dabei seine right und gegebenenfalls auch left hand.«

Sein Blick richtete sich auf Julian. »Darf ich vorstellen: That's Christina. Sie wird ab heute den Bereich Marketing tatkräftig supporten.«

In der Zeitspanne eines Augenblinzelns musterte Julian die neue Kollegin von oben bis unten. Die Natur hatte sie mit einer schlanken und fraulichen Figur gesegnet. Ihre wellige, rückenlange Mähne jedoch schien aus der Zeit des letzten Abendmahls zu stammen. Das Blümchenmuster ihrer Bluse erinnerte ihn an die Kittelschürze seiner Großmutter. Eine Armkette mit Kreuzanhängern zierte ihr rechtes Handgelenk. Würde es eine Zeitschrift mit dem Namen »out« geben, sähe das Model auf dem Cover bestimmt genau so aus. Statt »Model« würde man allerdings irgendeinen vorsintflutlichen Begriff dafür verwenden. Zusätzlich schien sie von einer fast greifbaren Aura umgeben zu sein, die unmissverständlich Ablehnung und Antipathie ausstrahlte. Er wandte seinen Blick prompt wieder ab, sprach emotionslos: »Herzlich willkommen«, in den Raum, nippte an seinem Kaffee und widmete sich wieder seiner Arbeit.

Während der im Gang stehende Drucker Blatt für Blatt Verträge ausspuckte, schaute sich Julian gelangweilt um. Die meisten Kollegen waren bereits gegangen und die Stille im Gebäude wurde nur durch Schritte gestört, die lauter werdend von der Treppe kommend durch den Raum schallten. Mit einem dicken Paket Dokumente stieg Christina die Stufen nach unten, um Julian gezielt zu ignorieren. Als sich ihre Blicke dennoch trafen, stolperte sie über ihre eigenen Füße und die Akten rutschten ihr aus den Händen. Im Bruchteil eines Augenblicks war der Boden vollständig mit Papier bedeckt, als hätte jemand eine Papiertonne mit einer Rohrbombe geöffnet. Mit verschränkten Armen lehnte Julian an der Wand. Um wegzuschauen, war dieses Spektakel zu unterhaltsam. Hektisch beugte sich Christina nach vorn, um die

Spuren ihres Missgeschicks schnell wieder zu beseitigen. Julians Aufmerksamkeit wurde auf ihre hervorblitzende Unterwäsche gelenkt. »Konsequent ist sie«, dachte er. »Die Buchse passt bestens zu ihrem Oma-Style-Oberteil.« Kopfschüttelnd nahm er seine Unterlagen aus dem Drucker und ging zurück ins Büro.

Die vom Drucken noch warmen Papiere ließ Julian lustlos auf seinen Schreibtisch fallen.

»Wann taucht denn Lotti endlich mal auf?«, wollte Hajo wissen.

»Sie hat sich für heute krank gemeldet.«

»Die hat sich bestimmt wieder einen Bock eingeladen, der sie völlig zermöllert hat.«

»Sei nicht immer so streng mit ihr.«

Hajo wandte seinen Blick vom Bildschirm zu Julian. »Weißt du, was dein Problem ist? Die paar Menschen, die du magst, stilisierst du zu perfekten Wesen. Ihre Schwächen blendest du völlig aus. Sie mag fachlich talentiert und eine gute Kollegin sein, aber die hat ihre Pfanne nicht im Griff. Bei ihr ist der Ofen ständig auf 200 Grad vorgeheizt!«

»Perfekt ist doch bekanntermaßen niemand«, entgegnete Julian betont entspannt.

»Was meinst du denn, warum die nur Vollidioten an Land zieht und bei ihr nie etwas Vernünftiges zustande kommt? Weil das Fickradar eines jeden Mannes bei ihr sofort Alarm schlägt. Und wenn es auf der Welt keine Seife geben würde, glaube mir, Dirty Charlotte würde den ganzen Tag nach Fisch riechen!«

Julian schaute auf die Uhr. »Apropos: Heute gibt´s Lachs in der Kantine.«

»Widerlich«, ächzte Hajo. »Ich geh rüber zum Dönerstützpunkt.«

Schulterzuckend akzeptierte Julian Hajos ablehnende Haltung gegenüber einer Portion gesunder Omega-3-Fettsäuren und griff nach seiner Geldbörse.

Christina reihte sich in die Schlange ein, die sich pünktlich zur Mittagszeit in der Kantine bildete. Sie nahm sich ein Tablett, und während sie wartete, erkundete sie mit ihren Blicken die noch ungewohnte Umgebung. Schnell wechselte sie die Blickrichtung, als sie Julian entdeckte. Stur nach vorn schauend, wollte sie in keinster Weise bemerken, dass er sich direkt hinter ihr in der Reihe anstellte. Angespannt vermied sie selbst den kleinsten Blick nach hinten. Nervosität bestimmte ihr hilfloses Dasein in der Kantinenschlange, als sie seine Blicke förmlich auf sich spürte und das nahende Unheil erahnte. Als sein Atem ihr Ohr kitzelte, begann Christinas Körper zu zittern. Sie kniff die Augen zu und flüsterte immer wieder: »Bitte nicht ansprechen, bitte nicht ansprechen.« Ihre Ohren vernahmen Julians Stimme, die so laut war, dass auch alle anderen in der Schlange sie hörten: »Bitte nicht wieder fallen lassen!«

Entrüstet drehte sie sich zu ihm um und blickte in ein Gesicht, das von einem Ohr zum anderen grinste. Mit dem Tablett in der einen Hand versuchte sie, autoritär zu wirken, stemmte die freie Hand in die Hüfte und ermahnte ihn: »Pass mal auf. Ich bin mit Jungs großgeworden, ich kann schlagen und treten!«

Nachdem Julian demonstrativ gegähnt hatte, würdigte er ihre Ansage doch noch mit einer Antwort: »Und ich bin mit Mädchen großgeworden, ich kann kratzen und beißen.«

Verzweifelt nach einer passenden Antwort suchend, blickte Christina ihn verdutzt an, bis sie schließlich in lautes Lachen ausbrach. Anscheinend überrumpelt durch ihre überlegene Herzlichkeit, verfiel auch Julian in einen Lachflash.

Am Tisch, mit ihrem Essen vor sich, fragte Julian: »Jetzt gerade, sitzt da Zuhause-Christina vor mir oder Christina, die Kollegin?«

»Zuhause-Christina ...« Sie untermalte ihre Antwort mit einem Kichern. »Die hat Stroh im Haar und hilft liebend gern auf dem Hof ihrer Familie. Besonders bei den Pferden.«

Noch während er seine Frage stellte, konnte sich Julian ein Grinsen wohl nicht verkneifen. »Du reitest also gern?«

Christina schüttelte ungläubig den Kopf. »Du strahlst *es* regelrecht aus.«

Fragend zog Julian seine Augenbraue nach oben.

»Eine unglaubliche Versautheit«, antwortete Christina leise hinter vorgehaltener Hand. Ein Blick auf die Uhr ließ sie hochschrecken. »Ach Gottchen, die Pause ist schon vorbei!« Eilig sprang sie vom Stuhl auf. »Tschüssi!« Mit einem breiten Lächeln auf ihren Lippen verließ sie die Kantine und lief durch das Treppenhaus zurück ins Büro. An ihrem Schreibtisch sitzend, konnte sie sich das Lachen nicht mehr verkneifen. Lauthals kicherte sie vor sich hin. Anschließend schüttelte sie ungläubig den Kopf. »Mit Mädchen großgeworden ... So ein Quatschkopf.«

Julian reihte sich in die Schlange ein, die sich pünktlich zur Mittagszeit in der Kantine bildete. Er nahm sich ein Tablett und schaute sich eifrig um. Eigentlich begegnete Christina ihm in den letzten Wochen stets am Eingang, doch als er sie nirgends entdecken konnte, richtete er seinen Blick enttäuscht wieder nach vorn. Während er anstand, berührten plötzlich zwei Hände seine Schultern und legten sich von hinten über seine Augen.

»Wer bin ich?«, fragte eine zarte Stimme. Ein breites Lächeln huschte über Julians Gesicht. »Hmmm, du hast so weiche und geschmeidige Hände«, er betonte seine Worte übertrieben genussvoll, »und riechst so schön nach ...« Um seinen Satz zu beenden, drehte Julian sich um, schaute Christina in die erwartungsvollen Augen und sagte: »Stall!«

»Wie bitte!?«, fuhr sie ihn fassungslos an. Dass sie wieder einmal auf seine Sticheleien ansprang, brachte Julian zum Lachen.

Während sie sich am Tisch gegenüber saßen, bemerkte Christina: »Du schaffst es immer wieder, mich zu überraschen, wenn wir uns hier zufällig begegnen.«

»Wenn ich deine Nummer hätte, könnten wir uns ganz bewusst verabreden und wären nicht mehr auf *Zufälle* angewiesen«, antwortete Julian und schaute zu, wie sie ihre Currywurst schmatzte. Christina verschluckte sich, und als sie ihn anschaute, begann ihre blasse Haut zu erröten. Eine Antwort bekam Julian nicht. »Magst du deine Gedanken vielleicht in Form von menschlicher Sprache äußern? Telepathie liegt mir nicht so«, stichelte er erneut und zwinkerte ihr zu.

»Ich denke ...« Christina begann, mühselig ein Wort ans nächste zu reihen. »... dass mein Verlobter das nicht so gut finden würde.«

Vergeblich nach den richtigen Worten suchend, musste sich Julian zurücklehnen.

»Herrje! Das Päuschen ist schon wieder rum! Wir sehen uns Morgen!«, verabschiedete sie sich und sprang hastig auf. Ohne das soeben Geschehene realisiert zu haben, schaute er Christina hinterher, bis sie durch den Kantinenausgang verschwand.

*E*ssen ist wohl nicht mehr cool?«, fragte Hajo.
»Kein Hunger, viel zu tun«, gab Julian zu verstehen. Behördentermine, Besprechungen mit den Bauunternehmern sowie der bevorstehende Messeauftritt lagen im Fokus seiner Aufmerksamkeit. Seine Konzentration verflüchtigte sich, als er ein zaghaftes Klopfen hörte, seinen Blick vom Bildschirm abwandte und sah, wie sich Christinas Haarschopf durch den Spalt der nur leicht geöffneten Tür schob. Er spürte ein merkwürdiges Kribbeln, das in seiner Brust auf und ab zu wandern schien. Mit einem breiten Lächeln kam Christina auf ihn zu.

»Guuuuuten Morgen, Julian!«

Sein Herz begann spürbar zu pochen. Eigentlich lebte er viel zu gesund, um jetzt einen Herzinfarkt zu erleiden. Während sie ihm die Hand reichte, stieg sein Herzschlag ins Unermessliche. »Ich soll die Werbekampagne für euren tollen Turm planen. Was kann der denn alles?«

Ein kurzer Moment der Stille verstrich. Julian war nicht in der Lage, zu reden. Augenrollend schaute Carlotta wieder auf ihren Bildschirm. Hajo ergriff entgeistert das Wort: »Zum einen wird das kein *toller Turm*, sondern ein Gebäudekomplex, der Hotels, Restaurants, Kongressräume, Apartments und zahlreiche Geschäfte in sich vereinen wird. Zum anderen wird er das neue Aushängeschild dieses Unternehmens, zu dem du aus unerklärlichen Gründen nun auch gehörst.«

Christina suchte vergebens nach einer passenden Antwort.

»Ich zeig's dir«, warf Julian ein und gab sich dabei die größte Mühe, nicht ins Stottern zu verfallen. Christina setzte sich auf das kleine Sideboard neben ihm, die Hände bequem in den Schoß gelegt. Er präsentierte ihr ein paar Skizzen und Entwürfe und bemühte sich, schnell wieder die Beherrschung zu erlangen. Während ihr Blick aufmerksam dem folgte, was Julian ihr nach und nach zeigte, neigte sich ihr Kopf langsam zur Seite. So weit, dass er schließlich fast auf Julians Schulter lag. Als ihre Haare seine Wange kitzelten, drehte er sich zu ihr. Plötzlich direkt in ihre Augen zu schauen, ließ ihn die Welt ringsumher vergessen. Ihr Blick war freundlich und ehrlich, ihr Lächeln so warmherzig, und beim Betrachten ihrer Wangengrübchen war das letzte bisschen seiner Aufregung wieder verflogen. Sein Blick senkte sich, ein Blinzeln in Christinas Ausschnitt konnte er sich nicht verkneifen. Er schmunzelte bereits, bevor er seine Gedanken aussprach. »Ist das Brustbehaarung oder hast du eine Katze?«

Lachend warf Christina den Kopf in den Nacken. »Die sind wohl von meinem Kater Samson«, sagte sie, während sie die Härchen von ihrer Bluse zupfte.

»Igitt«, kommentierte Carlotta die Szene.

»Magst du etwa keine Katzen? Sogar Bond-Bösewichte mögen Miezen«, bemerkte Julian stirnrunzelnd.

Carlotta kniff ihre Augen zu einem strengen Blick

zusammen. »Du weißt genau, was ich meine.«

Christina beobachtete die aufkeimende Diskussion kurz und erhob sich anschließend von Julians Sideboard. »Okay, das reicht mir erst mal. Danke und bis später!«

Bis sie das Büro verlassen hatte, wandte er seinen Blick nicht von ihr ab. Als sie längst nicht mehr im Raum war, starrte er noch immer zur Tür.

Sein Lächeln wurde von Hajo kritisch beäugt. »Junge, die hat keinen Plan. Von nichts.«

*D*as gemeinsame Mittagessen hatte sich zu einem Event entwickelt, bei dem Christina regelmäßig ihren festen Platz einnahm. An einem der beliebten Spaghetti-Dienstage kam sie etwas später, während die anderen bereits aßen. Damit sie sich setzen konnte, machte Carlotta etwas Platz, rutschte ein Stück zur Seite und fragte gleich: »Wo ist denn dein Teller?«

»Eigentlich hab ich keinen großen Hunger«, erwiderte Christina und spielte dabei mit einer ihrer Haarsträhnen.

»Möchtest du ein paar von mir haben?«, klinkte sich Julian in das Gespräch ein. Christina zwängte sich selbstredend auf den nicht vorhandenen Platz an seiner Seite und griff nach einer der Gabeln, die auf der Mitte des Tisches neben den Servietten lagen. Hajo beobachtete die Szene und ließ es sich nicht nehmen, sie zu kommentieren: »Wollt ihr zwei Hübschen nicht vielleicht gleichzeitig an *einer* Nudel schlürfen, bis ihr euch in der Mitte trefft?«

Christinas Gesichtsfarbe verwandelte sich von ihrer natürlichen Blässe schlagartig zu einem kräftigen Rot. Julian antwortete mit fragenden Blicken. Um die beiden zu erlösen, begann Carlotta ein Gespräch. »Das Kind von meinem letzten Typen hat auch immer von anderen Tellern gegessen.«

Christina dachte laut nach: »Wenn ich Single wäre, würde ich bestimmt auch keinen mehr finden, der noch kein Kind hat.« Julians Blick fror ein, während seine Gedanken wie wild zu rasen begannen. Warum dachte sie übers Singledasein nach, wenn sie doch einen Freund hatte? War sie mit ihrer Beziehung vielleicht gar nicht zufrieden? Konnte für ihn etwa eine Chance bestehen? Dass sich Christina mit in Bolognese getränkten Nudeln bekleckerte und dabei: »Sch...!«, zischte, nahm er nur beiläufig wahr. Ganz eindeutig aber fiel ihm der in Spitzenstoff gefasste Ausschnitt ihres Oberteils auf. Es umspielte ihr Dekolleté und wirkte sexy. Ihre langen blonden Haare erschienen ihm wie die eines Engels. Abrupt wurde er aus seiner Gedankenwelt gerissen, als Hajo direkt vor seiner Nase mit den Fingern schnippte. »12:30 Uhr! Komm, wir haben noch reichlich zu tun!«

Als Julian weitere Termine mit den Investoren und Behördenvertretern planen wollte, griff er nach seinem Notizbuch, das auf dem Sideboard neben ihm lag. Dasselbe Sideboard, auf dem vor kurzem Christina gesessen und sich von ihm seine Arbeit hatte erklären lassen. Er überblickte seinen Kalender. »Das ist mindestens drei Wochen her«, bemerkte er. »Es ist nicht normal, dass ich immer noch täglich daran denken muss.« Er gönnte sich eine Pause, verließ das Büro und begab sich auf den Weg zum nächsten Kaffeeautomat. Vierzig Cent später füllte sich ein grauer Wegwerfbecher mit einer koffeinhaltigen Instantplörre, die am Auswahlknopf als Espresso propagiert wurde. Augenblicklich rann die braune Brühe Julians Kehle hinunter, während er seine Gedanken sortierte und nachdachte. Darüber, wie Christina ihn durch ihre pure Anwesenheit zum Lächeln brachte. Darüber, wie er über all die Dinge schmunzeln musste, die sie in ihrer Unbeholfenheit manchmal von sich gab. Und darüber, wie sein Herz in ihrer Nähe zu pochen begann. Wie eine Art Kompass, der immer stärker ausschlug, je näher man seinem Ziel kam. Wenn er ehrlich zu sich selbst sein wollte, kam er schlussendlich nur zu einer möglichen Lösung. Zurück an seinem Platz griff er zielstrebig nach dem Telefon. »Hast du heute nach Feierabend kurz Zeit? Ich muss mit dir reden.«

Mit den Händen in den Hosentaschen lehnte Julian an der Tür seines Wagens. Während er die Schönheit der zahllosen Schneeglöckchen auf der grünen Wiese gegenüber bewunderte, legte er sich die passenden Sätze für das bevorstehende Gespräch zurecht. Aus der Ferne sah er Christina näher kommen. Sein Kopf leerte sich und die gerade gefundenen Worte verschwanden im Sog der Nervosität. Mit ihrer rosa Strickmütze auf dem Kopf stand sie nun vor ihm.

»Was möchtest du mir denn sagen?«

Er atmete tief ein und schaute sie mit verschämtem Blick an. »Christina, seit Wochen muss ich ununterbrochen an dich denken, und mit jeder Minute, in der ich dich gedanklich vor mir sehe, bedeutest du mir mehr.« Als Christina lächelte, formten sich ihre Augen zu kleinen Halbmonden. »Ich weiß gerade nicht, wie das nun mit uns weitergehen soll«, sagte sie.

»Ich wollte nur, dass du das weißt«, antwortete Julian und erklärte sich. »Du bringst mich völlig durcheinander. In den stressigsten Situationen schaffst du es, dass ich lache. Selbst wenn du nichts sagst und nur in meiner Nähe bist, fühle ich mich besser. Sogar, wenn du nicht in meiner Nähe bist und ich an dich denke, bringt mich das zum Lächeln. Es fühlt sich so an, als wärst du der Topf zu meinem Deckel.« Während Julian der Ausführung seiner Ansichten und Vorstellungen verfiel, von Vertrauen, Ehrlichkeit und Offenheit redete, bemerkte er, dass Christina ihn sprachlos anschaute. Abwartend erwiderte er ihre Blicke, bis sie ihren Gedanken Stimme verlieh: »Das ist genau das, wovon ich immer geträumt habe. Nur habe ich Angst. Angst davor, dass es schiefgehen könnte und wir uns dann nicht mehr in die Augen sehen können.«

Die Sorge in ihren Worten war nicht zu überhören. »Julian, wir sollten uns dazu noch mal treffen.«

Er nickte, legte seine Arme um ihre Hüften und zog sie sanft an sich. Sie lehnte ihren Kopf gegen seine Brust und schloss die Augen. So hielten sie sich gegenseitig und genossen es, dem anderen nah sein zu können.

»Ich muss gehen.« Sie seufzte.

Ihre Blicke trafen sich, um in den Augen des anderen zu versinken. Julian streichelte ihre Wange und küsste anschließend die andere.

»Komm gut nach Hause, mein Engel«, war der Satz, mit dem sich ihre Wege trennten.

Julian schnürte seine Laufschuhe und ließ den Tag bei einer ausgedehnten Joggingrunde ausklingen. Je länger der Lauf wurde, desto mehr nahm er die Züge einer Meditation an. Atmung und Schrittfrequenz waren im richtigen Rhythmus. Sein Körper funktionierte, ohne dass er dies bewusst steuern musste. Sein Kopf wurde frei, und bald bestimmten wieder Gedanken an Christina sein Denken. Wie perfekt sein Leben verlaufen könnte, wenn er es gemeinsam mit dieser wundervollen Frau verbringen würde. Als hätten sie sich nie gesucht und dennoch gefunden. Er ließ die vergangenen Tage Revue passieren und stoppte, als er bei ihrem Zusammentreffen in der Kantine landete. Ihre Vorliebe für Pferde schoss Julian wie ein Blitz wieder ins Gedächtnis. Er verließ die Straße und begab sich auf einen Schotterweg. Über diesen gelangte er zu einem Gestüt, dessen Besitzer neben Turnierpferden auch noch ganz besondere Tiere besaß.

*M*it ihrer besten Freundin spazierte Christina durch die belebten Shoppingmeilen der Neustädter Innenstadt.

»Danke, Susi, dass du dir Zeit für mich nimmst.«

»Gerne doch, Süße. Ich weiß doch, dass es in eurem Dorf keine Dessousgeschäfte gibt.«

»Ich zeige dir mal, was ich mir vorgestellt habe«, sagte Christina und griff augenblicklich in ihre Handtasche. Sie wühlte ihr Handy hervor, wobei ein Bild aus der Tasche fiel und langsam zu Boden segelte. Blitzartig beugte sich Susi nach vorn und hob es auf. Sie schaute auf ein Foto, auf dem Julian zu sehen war und, als wären sie beste Freunde, lag sein Arm auf den Schultern eines kleinen Shetlandponys.

»Wann immer es dir schlecht gehen sollte, sind wir beide gern für dich da und helfen dir dabei, dein bezauberndes Lächeln wiederzufinden«, lauteten die Worte unter dem Bild.

»Wer ist denn der heiße Boy mit dem Pferdchen und warum hat er seine Handynummer auf das Bild geschrieben?«, wollte Susi wissen. Christina fühlte sich ertappt, ihr errötetes Gesicht spiegelte dies nach außen.

»Ein Arbeitskollege.«

Susi zog ungläubig die Augenbraue nach oben. »Wir setzen uns jetzt in ein Café und dann erzählst du mir die Wahrheit.«

Susi schlürfte an einem Café Latte, ihr Blick wirkte genauso fordernd wie gespannt. Bevor sie zu sprechen begann, atmete Christina tief durch. »Wenn ich ehrlich bin, läuft es schon länger nicht so gut mit Noel. Und Julian ist so ...« Verträumt schaute Christina an die Zimmerdecke, bevor sie weiter schwärmte. »Mit ihm ist alles so einfach, er versteht mich einfach und in den schlechtesten Situationen schafft er es, mich zum Lachen zu bringen. Er ist so direkt und in seiner Nähe fühle ich mich wie von einem Bodyguard beschützt.«

»Weil er so gut gebaut ist?«, hakte Susi ein. Während sie in Christinas errötetes Gesicht schaute, schlug sie einen ernsten Ton an. »Ich hab dir das nie gesagt und ich weiß, dass das dein Plan ist«, gab sie etwas zögernd zu verstehen, »aber ich konnte mir sowieso nie vorstellen, dass du eines Tages mit Noel vor dem Traualtar stehst.«

Einen Moment lang musste Christina innehalten. Ein Moment, den Susi nutzte, um ihr den Rest ihres Herzens auszuschütten: »Wenn es jetzt einen zweiten Mann gibt, der dich so durcheinanderbringt, dann kann der erste nicht der Richtige sein.«

Julian betrat das gläserne Bürogebäude, begrüßte überschwänglich die Empfangsdame und schlenderte durch die Gänge in Richtung seines Arbeitsplatzes. Mit dem Gestehen seiner Gefühle war ihm eine große Last von den Schultern genommen worden und er genoss seine neugewonnene Unbeschwertheit. Als Christina ihm über den Weg lief, griff er im Vorbeigehen nach ihrer Hand. Widerstandslos ließ sie sich von Julian festhalten und an sich ziehen. Zielgerichtet wanderten seine Hände um ihr Becken, bis sich Christina in einer Umarmung wiederfand. Verliebt blickte Julian ihr in die Augen. Schnell schaute Christina verschämt zur Seite. Schmunzelnd betonte er seine Worte wie die Schlusszeile eines Märchens: »Und wieder einmal bist du röter, als es die reifste Erdbeere je sein könnte.«

Ein verlegenes, kaum hörbares: »Klappe!«, war die Antwort. Julians Hand strich durch ihr Haar, wanderte zu Christinas Kinn und versuchte, ihr Gesicht sanft wieder ihm zuzuwenden. Als sie nun zur anderen Seite schauen wollte, kreuzten sich ihre Blicke erneut und fingen einander. In ihre suchenden, hin und her flirrenden Augen zu schauen, erfüllte Julian mit einem Gefühl, das seine Seele wärmte. Zögerlich befreite sich Christina aus seiner Umarmung. Seine Blicke folgten ihr, bis sie am Ende des Ganges um die Ecke bog. Als sie schon längst nicht mehr zu sehen war, machte es sich noch immer ein breites Lächeln in Julians Gesicht bequem.

*M*it ihrem weißen Flitzer befuhr Carlotta einen Feldweg, der sie bis an den Waldrand führte. Sie brachte ihr Auto neben einem dunklen SUV zum Stehen, dessen vermeintlicher Fahrer an der Motorhaube lehnte und seinen Blick von der Landschaft weg und auf sie richtete. Bevor sie ausstieg, nahm Carlotta den noch recht Unbekannten in Augenschein. Eigentlich stand sie nicht auf solche Milchbubis. Ihrer desaströsen Beziehungsbilanz zuliebe, sollte es dieses Mal aber eine andere Art Mann sein. Kein weiterer sexistischer Macho und erst recht nicht noch ein Prolet, der sie nur als Stoßdame braucht. Nett sollte er sein. Und dass Leon wirklich so hübsch war, wie auf den Bildern in seinem Profil, wertete Carlotta als ersten Pluspunkt. Sie öffnete die Tür ihres Autos und ergriff das Wort: »Naaaa, Leon, wartest du schon lange?«

»Nur sieben Minuten, ist schon okay«, antwortete er und schien zaghaft zu lächeln.

Ein Trampelpfad führte die beiden inmitten des großen Waldgebiets am Rande Neustadts.

»Immer, wenn ich hier spazieren gehe, sehe ich, wie schön wohl das Landleben sein muss«, schwärmte Carlotta.

»Warum wohnst du denn dann mitten in der Stadt?«, wollte Leon wissen.

»Kannst du mit dem Begriff Hassliebe etwas anfangen?«

Als er nicht gleich antwortete, schaute Carlotta ihn an und beobachtete, wie Leon grübelte. »Wie kann es denn Liebe sein«, antwortete er schließlich schwermütig, »wenn du gleichzeitig hasst?«

»Kann es reine Liebe überhaupt geben? Wie soll sich das denn anfühlen?«, konterte Carlotta.

Wieder wirkte Leon sehr ernst und sprach nur leise: »Ich weiß es nicht.«

Urplötzlich blieb Carlotta stehen und schaute sich um. »Moment! Ich weiß gerade nicht mehr, wo wir sind.«

Ohne sich nur ansatzweise von ihrer aufkommenden Nervosität anstecken zu lassen, beruhigte er sie wieder. »Wenn man auf dem Dorf groß wird, ist jeder Wald wie ein zweites Kinderzimmer.«

Daraufhin kniff Carlotta ihre Augen zusammen und musterte ihn genau. Ihre Stimme verwandelte sich, als wollte sie ein Verhör durchführen. »Du bist also nicht so einer, der mich danach orientierungslos im Wald zurück lässt?«

Leons ausbleibende Antwort und die Tatsache, dass er mit ihrer Frage anscheinend nichts anfangen konnte, brachten Carlotta zum Lächeln.

Wieder an den Autos angekommen, wartete sie, bis Leon den Kofferraum seines SUV öffnete. »Du hast dich tatsächlich an dein Versprechen gehalten«, murmelte Carlotta und staunte, während Leon ein Picknick aus seinem Rucksack zauberte. Nebeneinander saßen sie auf dem Rand des Kofferraums, hielten jeder eine Tasse Kaffee in den Händen und blickten auf die in der Ferne liegende Stadt. Carlotta fiel auf, dass Leon immer wieder auf seine Uhr schaute.

»Entschuldige, das ist so eine dumme Angewohnheit von mir«, sagte er etwas verlegen.

»Jeder hat so seine Macken.« Sie lachte. »Ich muss immer erst schauen, ob der Herd auch aus ist, bevor ich die Wohnung verlasse. Dabei hab ich den sowieso nie an und mach selbst Nudeln mit dem Wasserkocher.« Für einen kurzen Augenblick hielt sie inne. »Das habe ich übrigens noch nie jemandem erzählt«, sagte sie nachdenklich und blickte zu Leon. Er lächelte. Carlotta schlürfte den letzten Schluck Kaffee aus der Tasse und stand auf. »Ich muss jetzt los.« Sie umarmte Leon zum Abschied, und während sie zu ihrem Auto ging, blickte sie noch mal zurück. »Ich fand es heute sehr schön. Wir schreiben weiter per Tinder, okay?«

*B*egeistert blickte Christina in den Spiegel. Das neue Negligé in verruchtem Dunkelrot schmiegte sich bestens an ihren Körper. Penibel zupfte sie die Rüschen am Ausschnitt zurecht, um ihre Oberweite bestmöglich in Szene zu setzen. Sie lächelte und neigte ihren Kopf nach links. Das Lächeln wich einem lasziven Blick, während sie ihren Kopf nach rechts warf. Behutsam zog sie eine sexy Haarsträhne in ihr Gesicht. Zufrieden mit ihrem Spiegelbild, ging sie ins Wohnzimmer.

Ihren Verlobten fand sie vor seinem Laptop. Christina legte ihre Hand auf seine Schulter und wartete darauf, dass Noel sich zu ihr umdrehte. Als er nicht reagierte und sie zusehen musste, wie er weiter durch einen Onlineshop scrollte, fragte sie: »Was schaust du denn da?«

»Hier steht, diese Jeans wären pflaumenfarben. Ich denke aber, dass das eher Aubergine ist.«

»In Pflaume hätte mein Hemdchen bestimmt auch gut ausgesehen«, sagte Christina und atmete anschließend tief ein, um ihren Vorbau noch etwas größer erscheinen zu lassen. Noel löste den Blick nicht vom Monitor und nahm keine Kenntnis von dem Glockenspiel neben sich. Pustend atmete Christina wieder aus. »In der Farbe der Liebe ist es aber auch schön«, fuhr sie fort.

»Vielleicht ist's aber auch Traubenpurpur«, dachte Noel laut nach und begutachtete eine weitere Hose.

Christina wandte sich ab. »Ich geh schlafen«, sagte sie und seufzte.

Die Zeit schien nicht vergehen zu wollen, doch schließlich kam auch Noel ins Bett. Noch immer wach, kuschelte sie sich langsam an seinen Rücken. Mit ihrer Hand streichelte sie über seinen Arm. Ihre Lippen näherten sich seinem Ohr. »Ich habe mir das Schmuckkästchen frisch rasiert«, hauchte sie und griff nach seiner Hand, um sie zielgerichtet in den gemähten Zaubergarten zu führen.

Nach einem tiefen Atemzug äußerte sich Noel: »Ich hab verstanden, Schatz. Ich kümmer mich gleich morgen um den Abfluss.«

Innerhalb eines Augenblicks verwandelte sich ihr Verlangen in Frust und Christina drehte sich wieder auf ihre Hälfte des Bettes. Sie zog die Decke bis unter die Augen. Ihr Blick fiel auf das Fenster. Draußen trommelte munter der Regen gegen die Scheibe, drinnen füllte Stille den Raum. Sie kniff die Augen fest zusammen, um die Silhouetten dieses lieblosen Schlafzimmers nicht sehen zu müssen. Sie lauschte dem sanften Trommeln Tausender Wassertropfen. In ihrer Vorstellung war es ein Sommerregen, und sie tanzte inmitten dieses erfrischenden Schauers. Sie liebte diesen ganz besonderen Geruch und wie zahllose Wasserperlen über ihre Haut streichelten. Noel empfand so etwas lediglich als »nass«, und das waren auch die Wasserperlen, die beim Gedanken daran über ihre Wangen liefen.

Noel wachte auf, als er Christinas Wecker von der anderen Seite des Betts klingeln hörte. Er bewegte sich nicht, hielt die Augen geschlossen und lauschte, wie Christina sich im Bad fertig machte. Als er hörte, wie die Tür ins Schloss fiel und sie durchs Treppenhaus nach unten ging, sprang er aus dem Bett. In Ruhe bereitete er sich einen Cappuccino zu und genoss ihn Schluck für Schluck, während er aus dem Fenster schaute und die bunte Vielfalt der Blumenwiese gegenüber bewunderte. Im Radio wurde ein Interview über die Veranstaltungen zum Christopher Street Day gesendet, was Noel bis zu Ende hörte, bevor auch er die Wohnung verließ und sich auf den Weg zur Arbeit machte.

Nachdem Noel das Modehaus betreten hatte, begrüßte er kurz seine Kollegen und begann damit, den Verkaufsraum in Ordnung zu bringen. Während er Hemden und Hosen zusammenlegte, sie ordnete und zurück in die Regale und Fächer legte, sah er im Augenwinkel, wie sich jemand in seine Richtung bewegte. »Jetzt weiß ich Bescheid!«, sagte die Person ermahnend. Erschrocken schaute Noel, wer ihm da Angstschauer über den Rücken jagte. Erleichtert legte er die Hand auf sein pochendes Herz, als er ins Gesicht seines besten Freundes Philipp schaute.

»Man sieht dich gar nicht mehr, weil du ständig arbeitest!«, fuhr dieser fort.

»Ähm, ja! Genau! Wegen der Arbeit!«, stotterte Noel. »Und du?«, stammelte er weiter. »Bist du noch glücklicher Single?«

Lachend antwortete Philipp: »*Wieder* wäre die richtige Formulierung. Was solls. Irgendwann wird sich ein Deckel für meinen Topf finden und es wird einfach so passieren.«

»Da bist du aber sehr optimistisch«, antwortete Noel.

Philipp lächelte. »Ich bin mit mir im Reinen, eine bessere Voraussetzung kanns nicht geben.«

Vergeblich suchte Noel nach einer passenden Antwort, bis er von Philipp in die Arme genommen wurde.

»Es war schön, dich mal wiederzusehen«, sagte sein bester Freund. Nachdenklich schaute Noel ihm hinterher, bis er den Laden verlassen hatte.

*R*unde für Runde joggte Julian um den großen Teich im Stadtpark. Er verlangsamte seinen Lauf und verließ den Weg, um ein paar Schritte über die Wiese ans Ufer zu machen. Auf dem Wasser beobachtete er zwei Schwäne, die sich an ihren Schnäbeln berührten. So, als würden sie sich küssen. Die Silhouette ihrer geschwungenen Hälse bildete die Form eines Herzens. Er senkte seinen Blick und betrachtete sein Spiegelbild auf der Wasseroberfläche. Die Freude stand ihm ins Gesicht geschrieben. Ein Gefühl, das Julian schon lange nicht mehr so intensiv hatte empfinden können. Der Klingelton seines Handys zerstörte die Harmonie dieses Moments. Julian schaute auf das Display und verdrehte genervt die Augen.

»Franjo!«

»Excuse me, Julian«, erwiderte die Stimme am anderen Ende. »Ich rufe an wegen der Messe tomorrow.«

»Ich habe alles schon geklärt.«

»I know, I know.«

»Was gibt´s dann noch zu klären?«

»Ich liege mit broken Fuß im Krankenhaus. Du musst die new Kollegin mitnehmen. Ich schick dir gleich ihre number.«

Kurz nach Beenden des Gesprächs ertönte der Nachrichtenton. Julian las den Text wieder und wieder und konnte es kaum fassen.

Da war er. Der Schlüssel, um Christina jederzeit erreichen zu können, wann immer Julian es wollte. Er speicherte sie gleich auf der Kurzwahl, verfasste ein paar nette Worte und erklärte kurz die Situation. Dann schickte er seine Adresse und dass sie am nächsten Tag von dort starten würden, weil das der kürzere Weg sei. Akribisch prüfte er noch einmal Wort für Wort, bevor er auf »Senden« drückte. Bereits wenige Minuten später erreichte ihn ihre Antwort: »Ich freu mich!«

Christina legte neue Flyer auf der Theke des Messe-standes aus und füllte die vergriffenen Kugelschrei-ber nach. Auf ihre Ellenbogen gestützt, beobachtete sie Julian bei der Arbeit.

Er lachte und scherzte mit den Fachkollegen, wäh-rend sich interessierte Kunden für seine kompeten-ten Antworten bedankten. »Wie kann man nur so selbstsicher sein?«, murmelte sie vor sich hin. Um nicht völlig untätig zu wirken, nahm sie die Kamera und schoss einige Bilder: Julian beim Vorstellen des Unternehmens, Julian beim Präsentieren abgeschlos-sener Projekte, Julian beim Aufzeigen möglicher Dienstleistungen. Als der Andrang am Messestand für einen Augenblick etwas abflaute, entstand ein weiteres Foto: Christina mit Julian, beide lächelnd, einen Arm auf die Schulter des jeweils anderen ge-legt.

Als die Dämmerung begann, den Abend einzuläu-ten, schaute Christina in ihre bereits leere Brotdose. »Wie lange willst du hier noch bleiben?«, wollte sie wissen.

»Wir verschwinden genau jetzt«, antwortete Julian.

Sie folgte ihm durch das mittlerweile fast menschenleere Gebäude, bis er vor einer Glasfront plötzlich stehen blieb und lächelte. Ungläubig trat Christina an das übergroße Fenster. Neustadts Skyline, die im Rot der untergehenden Sonne zu leuchten begann, versetzte sie in Staunen. Sie spürte, wie Julian sie von hinten umarmte und an sich zog. Als sie ihren Kopf an seine Brust lehnte, schloss sie die Augen und atmete zufrieden aus. »Es ist wunderschön, nicht wahr?«, flüsterte Julian ihr zu.

»Das ist es«, hauchte sie.

»Wir sind nur für uns, ganz allein«, fuhr er fort.

Christina lächelte, antwortete aber nicht. Ihr Lächeln wich einem Seufzer, als sie spürte, wie Julian begann, ihren Hals zu küssen.

»Wer weiß«, flüsterte er weiter, »was hier noch für wunderschöne Dinge passieren werden?«

Augenblicklich drehte sie sich zu ihm um. Verloren in der wasserblauen Tiefe seiner Augen erwartete Christina, was auch immer nun geschehen würde. Fest und doch sanft an ihn gepresst, genoss sie die Wärme seiner Nähe. Ihre Nasenspitzen berührten sich, ihre Lippen suchten einander. Christina spürte, wie Julians Hand über ihren Rücken wanderte, zärtlich ihren Nacken streifte und ihren Kopf in seine Richtung führte. Seinen Atem auf ihrer Haut zu spüren, ließ ihren Puls steigen und steigen. Zu ihrer Aufregung mischte sich Neugier. Das unüberhörbar laute Knurren ihres Magens ließ Julian lachend zusammensacken. »Entschuldige bitte«, sagte sie mit vor Peinlichkeit zusammengebissenen Zähnen. Sie sah in seine Augen und wunderte sich über sein strahlendes Lächeln.

»Gleich um die Ecke ist das beste Restaurant der Stadt«, sagte er. »Komm, Engel, ich lade dich ein.«

$\mathcal{E}$ ine rosa Kirschblüte, das Logo der Sakura Sushi-Bar, tauchte den Eingangsbereich des Restaurants in farbiges Licht. Julian zog die Tür auf und wartete, bis Christina hindurch gegangen war. Der Geruch von gekochtem Reis lag in der Luft und die vielen Gäste unterhielten sich ausgelassen. Schnell wurden die beiden von der Bedienung an einen Tisch für zwei geführt. Durch die bis zum Boden reichenden Fenster sah man die zahllosen Lichter von Neustadts pulsierendem Zentrum. Autos verwandelten die Straßen in Leuchtspuren, die sich am Grund der Häuser hindurch schlängelten.

Eine Seite nach der anderen blätterte Christina durch die Speisekarte. »Ich werde ein leckeres Schnitzel mit Pommes bestellen. Und dazu ein erfrischendes Feierabendbierchen.«

Zufrieden schaute sie Julian an, der ihr fragende Blicke zuwarf.

»Schnitzel? In einer Sushi-Bar?«

»Ich war noch nie beim Chinesen. Ich weiß gar nicht, was ich hier essen soll.«

Julian schmunzelte, bevor er ernst wurde. »Möchtest du nicht mal aktiv was Neues wagen? Schließlich besteht die Gefahr, dass es gut werden könnte.«

Schlagartig richtete sich Christinas Blick von der Karte auf ihn. Sie fühlte sich ertappt. Tatsächlich tat sie bereits ihr ganzes Leben stets das Gleiche. Vielleicht hatte er recht.

»Was nimmst du?«, wollte sie wissen.

Ihre Wahl fiel auf zwei frittierte Sumorollen und ein Glas Ananassaft für Julian.

»Ananassaft?«, hinterfragte Christina seine Entscheidung.

»Ich bin eben gern vorbereitet.«

»Häää?«

Julian musste lachen. »Wenn irgendwann einmal eine Frau diesen Witz versteht, dann werde ich sie heiraten.«

Beim Beiseitelegen der Karte verheddderte sich Christinas Armkettchen im Ärmel ihres Pullis. Wie in Handschellen gefesselt, saß sie plötzlich hilflos am Tisch, nicht in der Lage, das linke Handgelenk vom rechten zu trennen. Julian schritt kurzerhand ein und fummelte vorsichtig die Kette aus den Maschen des Pullis, ohne eines von beiden kaputt zu machen. »Bist du dir immer so sicher bei dem, was du tust?«

Julian nickte. »Du etwa nicht?«

Christina ließ sich etwas Zeit. »Manchmal weiß ich nicht, ob ich das Richtige tue.«

Ihr Tonfall klang anders als sonst, was Julian aufhorchen ließ. »Irgendwann ist das ganze Leben vorbei und dann hatte ich nur diesen einen Mann«, begann sie zu sinnieren.

Schweigend hörte Julian ihr zu. Christina lehnte sich zurück, ihr Blick senkte sich, ihr Lächeln verschwand. »Es gibt Momente, da würde ich am liebsten alles hinschmeißen und neu anfangen.« Sie wurde leise und ihre Stimme begann zu zittern. »Wir waren damals auf der Hochzeit einer Freundin eingeladen. Ich musste eher gehen, um fürs Studium zu lernen. Er hat die Chance genutzt und eine andere geküsst.«

Julians Mund stand offen. Es fiel ihm schwer zu realisieren, dass dieser sonst so freudige und immer lachende Sonnenschein nun mit glasigen Augen auf den Boden starrte.

»Es war nur ein Kuss, aber ich kann das einfach nicht vergessen.«

»Manchmal versemmeln Kerle ihre Beziehungen auf die dümmste Art und Weise. Manchmal versemmeln sie auch die Frauen. Manchmal wird die Versemmelung durch äußere Umstände verursacht. Aber Glück, Vertrauen und Liebe lassen sich nicht erzwingen. Wenn sie kaputt sind, kann man sie meist nicht reparieren.«

Gebannt hing Christina an Julians Lippen. »Versemmelung?« Ihre Mundwinkel sprangen nach oben.

Ein Stein fiel Julian vom Herzen, als er sie wieder lächeln sah.

Die Rechnungen waren bezahlt, die Bedienung bedankte sich und brachte den beiden noch zwei Glückskekse an den Tisch. Julian brach seinen in der

Mitte durch und las den darin befindlichen Spruch. *»Manche Brillen muss man abnehmen, um wirklich sehen zu können*. Was stand auf deinem?« Er schaute zu Christina. Erstarrt erwiderte sie seinen Blick. Die Krümel an ihrem Mundwinkel ließen ihn den Verbleib des Kekses mitsamt der asiatischen Weisheit erahnen. Einen Lachanfall unterdrückend, riss er sich zusammen und bemühte sich um Sachlichkeit. »Hast du ihn etwa mitgegessen?«

Verlegen schaute Christina zur Seite. »Ich möchte bitte nicht darüber reden.«

Seine Erheiterung konnte Julian schwer verbergen. Er strahlte dermaßen, dass selbst die Buddhafigur an der Theke verblasste.

Beleuchtete Schaufenster und Werbetafeln säumten den Weg zum Auto. Die Heimfahrt verbrachten sie schweigend. Jeder für sich ließ die vergangenen Stunden Revue passieren. Im Augenwinkel sah Julian, dass Christina ihn die ganze Zeit über ansah. Gern hätte er gewusst, welche Gedanken ihr durch den Kopf schwirrten. Dass ihr Leben nicht so harmonisch war, wie es nach außen hin den Anschein hatte, beschäftigte ihn aber bereits genug. Hatte Christina, wie Hajo es formulierte, nicht ihren Deckel, sondern nur eine Frischhaltefolie gefunden? Bevor er eine Antwort darauf finden konnte, stand das Auto bereits wieder auf dem Parkplatz vor seiner Wohnung.

Beide schlossen sich zum Abschied in die Arme.

»Komm gut nach Hause, Engel.« Er küsste ihre Wange, drehte sich um und ging.

Wenige Augenblicke später, während er die Haustür aufschloss, blickte er noch mal über seine Schulter. Christina hatte sich keinen Schritt bewegt und schaute nur stumm zu ihm herüber. Ihre Augen kamen ihm ungewöhnlich groß vor und es sah so aus, als würden sie ein Glitzern in sich tragen. Mit diesem Blick schien sie direkt in den Tiefen seiner Seele lesen zu können. Julians Welt stand still. Er fühlte sich wehrlos und war wie erstarrt, nicht in der Lage, seine Augen von ihr abzuwenden. Sie lächelte ihn nochmals an und stieg dann in ihr Auto. Julians sonst so geordnete Gedanken waren völlig durcheinander geraten. Er suchte nach einer Erklärung für das, was soeben geschehen war, und bemerkte dabei nicht, wie der seichte Nieselregen langsam sein Sakko durchnässte.

Als der Abend zur Nacht überging, lag Julian in seinem Bett und starrte an die Decke des Schlafzimmers. Ein gedankliches Hin und Her hielt ihn wach, bis er schließlich nach seinem Handy griff.

»Bist du gut zuhause angekommen?«, schrieb er und erhielt postwendend eine Antwort: »Ja. Und danke für den schönen Abend.«

»So richtig schön wurde der Abend, als du mir diesen wundervollen Blick geschenkt hast«, erwiderte er und wartete angespannt auf Christinas Reaktion. Der Wecker zählte die verbleibenden Minuten des gegenwärtigen Tages.

»Gute Nacht, Julian«, lautete Christinas letzte Nachricht in dieser angebrochenen Nacht. Doch sie markierte den Anfang eines wochenlangen Austauschs von Gedanken, Wünschen und Hoffnungen. Das Austauschen über Wertvorstellungen, ob tatsächlich gelebt oder nur theoretischer Natur, füllte schier endlose Chats. Beide Handys standen kaum mehr still. Sowohl Julian als auch Christina waren nicht mehr von ihren Geräten zu lösen.

*D*ie Klingel gab einen lauten Schrillton von sich. Julian ging zur Tür und öffnete. Vor ihm stand Christina, die ihm zur Begrüßung gleich um den Hals fiel. Wie ein kleiner Wirbelwind huschte sie anschließend durch seine Wohnung. Seine Hantelbank betrachtete sie mit derselben Faszination wie das Poster einer berühmten Star-Wars-Szene. »Wo ist das?«, wollte sie wissen.

»Das ist Yavin.«

»Ach ja! Asien würde ich auch gern mal sehen!«

Julian schmunzelte.

»Sehr schön hast du´s hier!«, fasste Christina zusammen. »Können wir uns vielleicht setzen?«, fragte sie und blickte zum Balkon, auf dem ein Loungesofa zwischen mannshohen Grünpflanzen und im Schatten eines riesigen Sonnenschirms stand.

Julian setzte sich neben sie und hielt ihre Hand. »Ich freue mich über deinen Besuch, aber ich muss zugeben, ich bin sehr überrascht.« Christina blickte bedächtig nach unten. »Mit dir zu reden, tut mir immer so gut, und zurzeit ist alles so schwer. Seit Monaten liege ich abends im Bett, mein Verlobter neben mir und nichts passiert. Ich glaube, er holt es sich woanders.«

Julian runzelte verwundert die Stirn. »Und trotz allem würdest du mit ihm vor den Altar treten?«

Christina nickte. »Wenn ich mich trennen würde, wie dann alle über mich reden würden. Meine Schwiegereltern wären so enttäuscht, die freuen sich immer so, wenn wir zu Besuch kommen.«

Julian schüttelte den Kopf. »Du machst dir über so viele Leute Gedanken und achtest darauf, niemanden zu verletzen, aber gleichzeitig steckst du nur zurück und nimmst in Kauf, dass es mir so elend geht«, sagte er mit leiser Stimme, während er sie eindringlich anschaute.

»Ich bin eben gebunden.«

Beide überkam erdrückendes Schweigen. »Was ist

es denn«, fragte Julian und seufzte, »was du an deinem Freund so liebst?«

Christina wurde nachdenklich, eine Antwort gab sie nicht. Für einen kurzen Moment füllte erneut Stille den Raum.

»Du redest nicht wirklich von Liebe, Christina. Liebe beginnt im Herzen und endet im Grab. Das, wovon du gerade sprichst, beginnt im Stehen und endet im Liegen.«

Christina schaute nur nach unten auf den Boden. Julian legte seinen Arm um sie und zog sie vorsichtig an sich. Sanft berührte er ihre Wange und drehte ihr Gesicht zu sich. »Früher hast du mal wie eine kleine Ampel auf Rot geschaltet, aber heute ...« Für Sekunden schaute Julian sie an, bis Christina ihren Blick langsam zwischen seine Beine senkte. Sein zweiter Arm legte sich um sie und presste sie an seinen Körper. Ihre Nasenspitzen berührten sich, ihre Lippen suchten einander. Julians Hand wanderte über Christinas Rücken, streifte zärtlich ihren Nacken und führte ihren Kopf in seine Richtung. Ihren Atem auf seiner Haut zu spüren, ließ seinen Puls steigen und steigen. Aufregung, Neugier, ein Kuss. Für einen kurzen Augenblick stand die Welt still. Sie hatten sich gefunden, spürten die Nähe des anderen und hörten den eigenen rasenden Herzschlag. Ihre Lippen gaben sich ihrem Verlangen hin und verbissen sich sanft ineinander. Im Einklang öffneten und schlossen sie sich, bevor sie wieder zärtlich nacheinander schnappten. Julians Hand glitt behutsam unter Christinas Bluse, berührte ihren Bauch und wanderte über ihre weiche Haut, um ihre Taille zu packen. Ein Zucken durchfuhr Christinas Körper. Julian spürte, wie sich ihre Mundwinkel nach oben zogen. Ihre Zungen umspielten sich, streiften über die Lippen und Zähne des anderen und umspielten sich weitere Male. Ohne die Magie dieses Kusses zu unterbrechen, setzte sie sich auf Julians Schoß. Ihre langen Haare fielen in sein Gesicht, während sie näher und näher an ihn rutschte, bis es nicht mehr näher ging. Ihre reitenden Bewegungen wurden intensiver, als Julian mit beiden Händen fest ihren Po umfasste. Ihr Atem beschleunigte sich, während seine Hände

langsam nach oben wanderten und die Blümchen-
bluse aufknöpften. Christinas Oberweite sprang
ihn regelrecht an, als er ihr die Bluse auszog. Hinter wilden Haarsträhnen, die ihr ins Gesicht hingen, schauten ihre großen Augen auf ihn herab. Er
berührte ihre Nippel mit seiner Zungenspitze. Julians Hände ließen von ihrem Po ab, berührten die
Innenseite ihrer Oberschenkel und glitten auf deren Unterseite. Er richtete sich auf und erhob sich,
Christina fest an seinen Körper gepresst, vom Sofa.
Sie schlang ihre Arme um seinen Hals, bis Julian sie
auf ihrem Rücken wieder ablegte. Ihre gespreizten
Beine führte er zusammen, um Christina von ihrer
engen Hose zu befreien. Als diese neben der Bluse
auf dem Boden lag, kniete er sich wieder zwischen
ihre Schenkel und beugte sich über Christinas Körper. Ihre Hände erkundeten seinen Oberkörper und
glitten langsam an ihm auf und wieder ab, während
er ununterbrochen ihren Hals küsste. Seine Hände
begannen, ihre Brüste zu kneten. Stoßartig atmete
Christina aus, als er ihren Nippel zwischen Daumen und Zeigefinger nahm. Seine Küsse erreich-

ten die andere Brust. Wieder leckte er darüber, bis er behutsam mit seinen Zähnen auch den zweiten Nippel sanft stimulierte. Christinas Hände krallten sich in das Sofa. Je weiter seine Küsse an ihrem Körper nach unten wanderten, desto schneller wurde ihr Atem. Zwischen Bauchnabel und dem Saum ihres Höschens angekommen, verbiss sich Julian in ihrer Unterwäsche. Mit seinen Händen an ihren Beinen entlang gleitend, zog er mit den Zähnen den letzten Stoff von ihrem Körper.

Küssenderweise bewegte sich Julian wieder nach oben. Angefangen an Christinas Knöcheln wanderte er Kuss für Kuss ihre Waden entlang. Seine Hände berührten dabei ihr Bein, als wäre es ein zerbrechliches Kunstwerk von einmaliger Existenz. Mit der Zunge schrieb er: »Ich liebe dich«, auf die Innenseite ihrer vor Erregung zuckenden Oberschenkel und kam dabei Stück für Stück dem Zentrum ihrer Lust näher. Christinas süßes Stöhnen klang wie die musikalische Untermalung zum leidenschaftlichen Tanz seiner Zunge. Sie tänzelte geschickt um Christinas nasse Pussy, ohne dabei einen Schritt zu weit zu gehen. Während ihr Atem schneller und schneller wurde, beendete Julian die Umrundung ihrer Muschi. Er blickte über das, wovon er schon so oft geträumt hatte. Christinas makelloser Körper lag in voller Blüte vor ihm, die Beine weit gespreizt. Ihr flacher Bauch hob und senkte sich schnell. Ihre Augen waren geschlossen, während sie hörbar schnell durch den Mund atmete. Ihre langen Haare waren wild durcheinander geraten und umspielten ihre natürlich schönen Brüste. Julian lächelte beim Anblick von all dem und begann sein Spiel von vorn. An den Knöcheln des anderen Fußes begann er erneut, sich Stück für Stück nach oben zu küssen. Millimeter für Millimeter wanderten seine Lippen über ihre Waden. Seine Hände glitten dabei über Christinas Haut, als könnte sein Verlangen nach ihrer zarten Beschaffenheit kaum gestillt werden. Während Julian sein Spiel sichtlich genoss, umschlang Christina plötzlich seinen Kopf mit beiden Beinen. Selbst wenn er es gewollt hätte: Von ihrer Pussy kam er nun nicht mehr weg. Mit seiner Zunge arrangierte er einen Tanz der Leidenschaft, der Applaus folgte augenblicklich in Form von lautem Stöhnen.

Christinas fordernde Lust befeuerte Julians Leidenschaft mehr und mehr. Er drückte ihre Beine auseinander, um sich aus ihrer Umklammerung zu befreien, und richtete sich auf. Seine Klamotten flogen auf den Boden.

»Er steht ja schon«, bemerkte Christina erstaunt. Sie griff nach seinem Schwanz und führte in direkt zu ihrem Mund. Ihre Lippen umschlossen ihn fest, wanderten vor und zurück, wieder und wieder. Mit jedem Mal griff ihre Hand fester zu, mit jedem Mal wurden ihre Bewegungen ungezügelter. Julian legte seinen Kopf in den Nacken. »Eigentlich«, stöhnte er, »wollte ich dir heute nicht ins Gesicht spritzen.«

Christina unterbrach ihr Französisch und schaute zu ihm auf. Sie lächelte, nahm seinen Schwanz aus dem Mund und leckte ein letztes Mal quer über die Kuppe. Julian atmete durch, drückte Christinas Beine wieder auseinander und kniete sich dazwischen. Zielstrebig drang seine Penisspitze in ihre Muschi ein. Christina sog die Luft ein, hielt kurz inne und stieß sie unter Stöhnen wieder aus. Er blickte auf ihren nackten Körper und genoss den Anblick, wie ihre Brüste bei jedem Stoß auf und ab wippten. Er genoss, wie ihr Stöhnen lauter wurde und sich ihre Leidenschaft steigerte. Mehr und mehr gab sich Christina ihrem Verlangen hin. Ihr Körper begann sich wellenartig zu bewegen und verwandelte sich schnell in eine ungezügelte Brandung, der Julian wie ein Fels standhielt. Christinas Beine schlangen sich um Julians Körper und verhakten sich fest hinter seinem Rücken. Die letzten Hemmungen fielen. Sie umklammerte ihn fester, presste jeden Zentimeter von Julians Männlichkeit tief in sich hinein und quetschte dabei seine Nieren, sodass ihm immer wieder der Atem stockte. Schonungslos forderte sie ihre Befriedigung ein, ließ ihr Becken kreisen, bewegte es auf und ab, kreiste wieder damit. Ihr Rhythmus beschleunigte sich, das Stöhnen wurde lauter. Julian bekam seine Geliebte nicht mehr gebändigt. Sie griff nach seiner Hand und führte sie an ihren Hals. »Würg mich!«

Ein Schauer der Lust überkam ihren Körper. Behutsam umfasste er ihre Kehle und Christina verfiel in einen ekstatischen Zustand, dessen Wildheit beide auf den Weg zum Höhepunkt führte und sie gemeinsam das Glück berühren ließ.

Langsam verschwand die Sonne in glühendem Rot hinter dem Horizont. Christinas Augen waren geschlossen, während sie in Julians Armen lag und seine Hand zärtlich über ihre nackte Haut strich.

»Christina«, flüsterte Julian immer wieder vor sich hin. »Ich mag den Klang deines Namens.«

Er schob vorsichtig eine Haarsträhne beiseite, streichelte ihre Wange und küsste ihre Stirn. »Du bist wunderschön, mein Engel.«

Zufrieden lächelnd schmiegte sie sich noch enger an ihn. Der Klingelton von Christinas Handy zerstörte die harmonische Stille. Sie befreite sich widerwillig aus Julians Umarmung und drückte angespannt die Taste mit dem grünen Hörer.

»Ich bin noch auf Arbeit«, wiederholte sie mehrfach und klang immer ungehaltener. »Das erklär ich dir später!« Genervt stöhnend legte sie das Telefon wieder beiseite. »Es ist schon spät, ich muss langsam gehen.«

»Ich möchte dich aber nicht gehen lassen«, flüsterte Julian, während er ihren Hals küsste.

»Ich muss.«

Christina sprang schwermütig auf und suchte ihre Unterwäsche in der Wohnung zusammen. Sie hob ihre Hose vom Boden auf und zwängte sich hüpfenderweise hinein. Grinsend beobachtete Julian das Spektakel. »Du bist so schlank, die Hose muss es doch auch in deiner Größe gegeben haben.« Christina streckte ihm nur frech die Zunge raus und suchte zwischen den Pflanzen nach ihrer Bluse. An der Tür fielen sie sich nochmals in die Arme. Julian zog sie sanft an sich. Sie legte ihren Kopf an seine Brust und verschränkte ihre Arme hinter seinem Rücken. Beide genossen den kurzen Augenblick mit geschlossenen Augen.

»Ich muss jetzt wirklich los.«

Beim Auseinandergehen schauten sie sich ein letztes Mal in die Augen, als würden beide nichts anderes mehr ansehen wollen.

*S*usi schlürfte an einem Café Latte, ihr Blick war nachdenklich. »Hast du schon mit Noel darüber geredet?«

»Er lässt mir überhaupt keine Chance dazu. Er macht in letzter Zeit so viele Überstunden und ist ständig müde, wenn er nach Hause kommt.« Christina unterbrach ihre Antwort, lehnte sich zurück und senkte ihren Blick. »Er versteht das doch sowieso nicht! Außerdem ist das Ganze doch seinetwegen überhaupt erst losgegangen!«

»Du redest von dem Kuss, damals, auf der Hochzeit?«, fragte Susi und horchte auf. »Das ist so lange her. Damals hast du noch studiert.«

»Aber es tut heute noch weh!«, fiel Christina ihr ins Wort und war den Tränen nahe. »Er hat mich schon so lange nicht mehr angefasst, der geht doch fremd!«

Für einen kurzen Augenblick musste Susi innehalten und schlucken.

»Und?«, zwang sie sich zu fragen. »Was ist es, das du da gerade tust?«

Schweigend schaute Christina zur Seite und wischte ihre Tränen von der Wange.

»Weiß Julian, dass du vergeben bist?«

»Ja«, hauchte Christina. »Aber es ist ihm egal. Er fängt mich immer auf, bringt mich zum Lachen und ich fühle mich so sicher und geborgen bei ihm. Ich glaube wirklich, dass er mich von Herzen liebt.«

»Und ich glaube ...« Susi sprang von ihrem Stuhl auf. »Dass du ihn liebst! Du warst gerade noch kurz vorm Heulen, und kaum redest du über ihn, strahlst du plötzlich wie ein Honigkuchenpferd!«

Schweigend blickte Christina auf den Boden.

»Ich habe recht, stimmt's?«, rief Susi und beobachtete, wie das Gesicht ihrer Freundin einen roten Farbton annahm.

»Du musst darüber reden, Süße«, sagte Susi in nun wieder etwas ruhigerem Ton. »Mit beiden. Und du musst dich entscheiden. Wer sich immer alle Türen offen hält, muss irgendwann im Flur leben und kann es sich nie in einem schönen Zimmer gemütlich machen.«

Christina starrte auf das Klingelschild, auf dem Julians Name zu lesen war. Bevor sie es drückte, ging sie noch mal in sich. Ihre Gefühle und ihr Plan fürs Leben waren gerade dabei, sich gegenseitig zu sabotieren. Dabei war sie doch schon so weit gekommen. Bestimmt würde alles nur schlimmer werden, wenn sie noch länger wartete. So schnell es nur möglich war, wollte Christina alles mit Julian geklärt haben. Unbedingt noch diese Woche. Am besten heute. Ihr Herz pochte. Sie atmete einen tiefen Zug frischer Luft ein, behielt ihn kurz ein und atmete langsam wieder aus. Jetzt.

Die Klingel gab einen lauten Schrillton von sich. Julian ging zur Tür und öffnete. Vor ihm stand Christina, die ihm zur Begrüßung gleich um den Hals fiel.

»Wenn du denkst, dass es heute so läuft wie bei deinem letzten Besuch, muss ich dich enttäuschen«, gab Julian in ungewohnt ernstem Ton zu verstehen.

Christina wurde stutzig. Ihre vorbereitete Rede verschwand wieder in den Tiefen ihrer Gedankenwelt.

»Heute *werde* ich dir ins Gesicht spritzen«, scherzte er.

»Und wenn ich wegen etwas anderem hier bin und das gar nicht möchte?« Vergeblich versuchte Christina, einen Hauch von Autorität auszustrahlen.

Julian lächelte. »Dann muss ich dich zwingen, Christina.«

Der Tonfall, in dem er ihren Namen aussprach, jagte einen Schauer der Lust über ihren Körper. »Dann zwing mich doch.«

Julian streichelte über ihre Wange. Christinas Augen schlossen sich und ihr Mund öffnete sich, als sie lustvoll seufzte. Seine Finger kamen auf ihrer Wange zum Erliegen, während sein Daumen langsam über ihre Lippen fuhr. Mehrfach umkreiste er sie, bis Julian seinen Daumen in Christinas Mund schob. Ohne Umschweife umschloss sie ihn fest mit ihren Lippen. Julian lächelte, nahm seine Hand von ihrer Wange, griff in ihr Haar und umschloss mit der anderen ihren Hals. Er kam ihr näher und stoppte, kurz bevor sich ihre Lippen berührten. Christina spürte seine Nähe, seinen heißen Atem. Langsam führte er ihren Mund an seinen und sie küssten sich. Mit Bestimmtheit drückte er sie nach unten, sodass sie direkt vor ihm auf die Knie fiel. »Hol ihn raus.«

Christina gehorchte, öffnete seine Hose, griff in seine Shorts und zog seinen Schwanz hervor. Er schob ihn in ihren Mund und genoss es, wie sein Schwanz langsam über ihre Lippen glitt. Er wiederholte das, bis Christina die Bewegungen von sich aus ausführte. Während Julian sie noch immer an Haar und Hals gepackt hielt, steigerte er sein Tempo, bis er regelrecht ihren Mund fickte. Stoß für Stoß schob er seinen Schwanz tiefer in ihre Kehle, doch das von ihm erwartete Würgen blieb aus. Er zog ihren Kopf so nah an sich, dass Christinas Lippen seinen Unterleib berührten. Dann blickte er auf sie herab und entließ sie aus seinem Griff, als er sein Ziel nicht erreichte. Er gewährte ihr ein paar Atemzüge und wollte seinen Schwanz erneut in ihre Kehle schieben, aber Christina hatte ihre Lippen bereits eng um seinen Schaft gespannt. Ihre kreisenden Kopfbewegungen wechselten sich mit intensiven Zungenspielen ab. Julian begann schneller zu atmen. Er zog seinen Schwanz aus ihrem Mund. Mit ihrer Zunge folgte sie ihm, berührte seine Eier und leckte über die Länge seines Schafts bis zur Eichel, um direkt wieder mit dem Lutschen zu beginnen. Julian konnte sein Stöhnen nicht mehr unterdrücken. Während sein Schwanz Zentimeter für Zentimeter über Christinas Lippen glitt, um ihrem gierigen Mund nochmals zu entkommen, begann es in Julian zu pulsieren. Mit einem beherzten Ruck zog er seine Kuppe aus ihren eng geschlossenen Lippen, und ein großer Schwall Sperma ergoss sich über Christinas Gesicht. Während sein Schwanz zuckte, um einen zweiten Schuss abzugeben, riss sie ihren Mund auf und streckte die Zunge so weit sie konnte nach draußen. Schuss drei und vier waren mehr, als ihre Zunge fassen konnte. Sie schluckte, riss sofort wieder ihren Mund auf und verschlang Julians Schwanz erneut. Während sie ihm den letzten Rest von der Eichel leckte, beobachtete sie, wie er erschöpft durchatmete. Als sie spürte, dass Sperma von ihrem Kinn zu tropfen drohte, ließ sie von Julian ab. Mit dem Finger fuhr sie sich übers Kinn und umkreiste ihren vollgespritzten Mund, um letztendlich die Sahne mit ihren Lippen abzustreifen und in die Tiefen ihrer Kehle zu befördern. Ein strahlendes Lächeln zierte ihr Gesicht. »Hab ich das gut gemacht?« Ihre Stimme klang zufrieden und erwartungsvoll.

Erneut gab die Klingel einen lauten Ton von sich. Julian betätigte die Sprechanlage. »Jetzt schon? Ich dachte, erst in einer Stunde!?« Er wandte sich wieder Christina zu. »Das ist mein Bruder mit meinem Abendessen. Setz dich am besten einfach aufs Sofa. Da liegen auch Taschentücher.«

»Nettes Brüderchen hast du«, bemerkte Christina, während sie es sich wie angeordnet auf dem Sofa bequem machte. Julian öffnete die Tür, nachdem Christina sich sein Sperma aus dem Gesicht gewischt hatte. Hendrick betrat die Wohnung mit einem Pizzakarton, den er auf der Handfläche balancierte.

»Das ist mein Bruder«, stellte Julian ihn vor. »Das

ist Christina, eine Arbeitskollegin«, fuhr er fort.

Hendrick musterte Christina, anschließend schaute er zu Julian. Ein breites Grinsen überkam ihn, als er nochmals zu Christina blickte. »Eine Arbeitskollegin?« Ein verächtliches Lachen platzte aus ihm heraus. »Die Kleine hat noch Wichse im Mundwinkel!«, grölte er.

Christinas Hautfarbe wechselte von ihrer normalen Blässe zu knalligem Rot. »Mir fällt gerade ein, dass ich noch einen Termin habe. Ich muss dringend los!« Sie griff nach ihrer Tasche und rannte aus der Wohnung.

Zügigen Schrittes entfernte sich Christina von Julians Wohnung. Aus ihrer Tasche wühlte sie eine Packung Zigaretten hervor. Sie blieb kurz stehen, um eine der Kippen mit dem Feuerzeug zu entzünden. Einen tiefen Zug später marschierte sie weiter in Richtung der Nebenstraße, wo sie ihr Auto geparkt hatte. Mehr und mehr Fragen stellten sich ihr, während sie einen Schritt nach dem anderen machte. Die Leute auf dem Fußweg nahm sie kaum wahr, als wäre sie in einer Gedankenblase versunken. Wie konnte es sein, dass sie förmlich von Leidenschaft durchströmt wurde, wenn sie die Begierde in Julians Augen sah? Wie konnte es sein, dass die Lust durch ihre Adern tanzte, wenn sie von Julian benutzt wurde? Wie konnte es sein, dass sie sich in Grund und Boden schämen würde, wenn jemand auch nur die leiseste Ahnung von alldem hätte? Vor einem Dessousgeschäft blieb sie abrupt stehen. Im Schaufenster blickte sie ins Spiegelbild ihres eigenen Antlitzes. Traurige Augen suchten rastlos nach Antworten. Ihr Gedankenkarussell wurde angehalten, als ihr Handy klingelte.

»Ist alles okay bei dir, Engel?« Julian klang besorgt.

»Mach dir keine Sorgen. Mir ist nur plötzlich eingefallen, dass ich noch einkaufen muss. Lass uns ein anderes Mal quatschen.«

Ein paar weitere beschwichtigende Worte später packte sie das Handy zurück in ihre Tasche. Die Zigarette glimmte auf, als Christina einen weiteren Zug nahm. *Im Büro wirst du mich ganz sicher nicht ficken*, dachte sie, während sie eine Wolke von blauem Dunst in den Abend hauchte.

*W*ort für Wort flüsterte Christina ihren auswendig gelernten Text vor sich hin. Kurz ging sie in sich, durchdachte alles noch mal, nickte sich selbst zu und begann erneut, alles von Anfang bis Ende im Geiste durchzusprechen. Immer wieder schaute sie dabei auf ihre Uhr, während sie dem Gespräch in Julians Büro lauschte. Er und Hajo tauschten sich offenbar über ihr Projekt aus und redeten Fachchinesisch. Mit verdrehten Augen nahm sie zur Kenntnis, dass anschließend ein Gespräch über Gott und die Welt folgte. Als Hajo die Worte: »Ich wünsch dir einen schönen Feierabend, mein Junge«, aussprach, rannte sie schnell zurück in ihr Büro, starrte auf den Bildschirm, klickte mit der Maus und tippte wahllos ein paar Buchstaben auf ihrer Tastatur. Nachdem sie im Augenwinkel beobachtet hatte, wie Hajo in Richtung des Ausgangs verschwunden war, wartete sie auf das Geräusch der ins Schloss fallenden Tür. Zügig griff sie nach dem Telefon. »Darf ich noch mal kurz mit dir reden?«

Wenige Minuten später war Julian bei ihr. »Ich hab heute den ganzen Tag in nervenzehrenden Besprechungen gesessen. Und jetzt, ein paar Sekunden vor meinem wohlverdienten Feierabend, möchtest du auch noch reden? Eigentlich müsste ich dich dafür bestrafen.«

Sie biss sich auf die Lippe und schaute zu Julian, sehr wohl wissend, dass seine Aussage nur halb im Scherz gemeint war. Während sie sich vorstellte, was passieren könnte, wenn sie ihn nun provozieren würde, blickte er in ihr errötetes Gesicht und erwartete eine Antwort. Eine nahezu greifbare Aura der Begierde ging von Julian aus und jagte einen Schauer der Lust über Christinas Körper. »Dann bestraf mich doch!«

Mit dem Handrücken streichelte Julian über ihre Wange, um anschließend in Christinas Haar zu greifen. An ihrer blonden Mähne zog er sie zu Franjos Tisch, um ihren Oberkörper darauf abzulegen. Er beugte sich zu ihr herab und flüsterte in ihr Ohr: »Was soll ich nur mit dir machen?«

Christinas Hände wanderten nach hinten und streiften ihr Kleid nach oben, sodass ihr Höschen zum Vorschein kam. Ohne seine Hand aus ihrem Haar zu lösen, klatschte Julian mit der flachen Hand auf ihren Arsch und wiederholte sich, diesmal klang sein Tonfall bestimmter: »Was soll ich mit dir machen?«

Mit den Händen zog Christina ihre Pobacken auseinander. Julian schob ihr Höschen beiseite und fragte: »Willst du den Bowlinggriff?« Ohne ihre Antwort abzuwarten, schob er Mittel- und Zeigefinger in ihre Muschi, den Daumen in den Arsch. Stöhnend wand sich Christina in Julians Griff, versuchte sich zu befreien und genoss, dass ihr dies nicht gelang.

»Was. Soll. Ich. Mit. Dir. Machen?«

»Ich möchte, dass du dich um meinen Po kümmerst!«, stieß sie angestrengt aus.

Sie hörte, wie Julian seine Hose öffnete. Mit seinem Schwanz glitt er erst über ihre Muschi, dann ihre Arschritze entlang und wiederholte das Spiel, bis sich Christinas Lust nicht mehr steigern ließ.

»WAS. SOLL. ICH. MIT. DIR. MACHEN?« Seine Hand umschloss ihren Hals, mit dem Daumen griff er in ihren Mund.

»Ich will ...«

»WAS?«

»Ich will, dass du mich in den Arsch fickst!«

Harsch drückte er Christinas Oberkörper wieder auf den Tisch und führte seinen Schwanz langsam an ihren Schamlippen entlang zwischen ihre Backen, bis er mit der Kuppe ihre Rosette berührte. Mit offenem Mund erwartete Christina Julians Eindringen. Er spuckte auf ihr Loch und massierte es in kreisenden Bewegungen mit seinem Daumen. Sie atmete deutlich hörbar, als er seinem Schwanz wieder die Bühne überließ. Behutsam drückte er ihn mit langsamen Stößen immer kräftiger gegen sie. Christina klammerte sich am Tisch fest und schloss die Augen. »Ich glaube, er ist zu groß«, jammerte sie.

»Entspann dich«, beschwichtigte Julian. Seine Hand glitt von ihrem Po und wanderte über ihr Becken zwischen ihre Beine. Nach sanften Schlägen auf ihre Pussy schob Julian seine Finger erneut in sie hinein und brachte sie kurz vor Christinas Perle in Stellung. Nahe genug, dass sie die Berührung gerade noch spüren konnte. Und auch entfernt genug, um sie nach mehr verlangen zu lassen. Mit kreisenden Bewegungen ihres Beckens holte sie sich, was Julian ihr verwehren wollte. Während sich Christinas Körper räkelte und sie sich vorn an seinen Fingern rieb, zog er sie damit immer näher an sich, bis sie endlich spürte, wie sein Schwanz zwischen ihren Apfelbacken eintauchte. Christina riss Augen und Mund auf, ihre Stirn legte sich in Falten. Im Takt mit Julians Bewegung ging ihr Atem Stoß für Stoß schneller. Angestrengt sog sie die Luft ein, die sie unter Stöhnen wieder ausatmete. Mit großen Augen schaute sie über die Schulter und beobachtete, wie Julian sie von hinten fickte. Durch sein aufgeknöpftes Hemd sah sie, wie seine angespannten Bauchmuskeln arbeiteten. Den kurzen und schnellen Stößen folgten tiefe und kräftige. Julian zog ihn vollständig heraus, bevor er seinen Schwanz bis zum Anschlag wieder in Christinas Arsch versenkte. Ihr Stöhnen wandelte sich zu einem lustvollen Aufschrei, wann immer er vollständig in ihr war. Mit jedem Stoß klatschte sein Unterleib gegen ihren Po. Seine Kraft übertrug sich auf ihren gesamten Körper, sodass sie mit jedem Mal eine Erschütterung durchfuhr. Ihre Haare verloren die Form und hingen wild in ihrem Gesicht. Ein weiteres Mal klatschte Julians Hand kräftig auf Christinas Arsch und signalisierte den Startschuss zum großen Finale. Er ließ seiner Wollust hemmungslos freien Lauf. Die Schläge auf Christinas Arsch wurden immer härter, ihre kurzen Aufschreie verwandelten sich in einen anhaltenden Ausruf der Leidenschaft.

»Willst du, dass man dich draußen auf dem Parkplatz hört?«

»Dann fick mich doch nicht so hart!«, rief sie berauscht vor Lust.

Julian legte seine Hand auf Christinas Mund, um ihr Stöhnen zu dämpfen. Sie wand ihren Kopf nach links und nach rechts, konnte sich seiner Kontrolle aber nicht entziehen. Der Kraft seiner Arme ausgeliefert, beantwortete Christina den Versuch, sie zum Schweigen zu bringen, mit Bissen in Julians Finger. Von ihrer schieren Lust beflügelt, hämmerte Julian hart von hinten in sie hinein, versenkte seinen Schwanz mit einem letzten kräftigen Stoß bis zum Anschlag und füllte ihren Arsch mit seinem Sperma. Intensiv spürte Christina wie sein Schwanz auszuckte und lauschte, wie Julian durchatmete. Er zog ihn raus, wischte die Kuppe an ihr ab und begann allmählich, sich wieder anzuziehen. »Für so eine schnelle Nummer zwischendurch«, bemerkte Julian, »ist so ein Kleidchen genau das Richtige. Das kannst du ruhig öfter tragen.«

Bei Julians Worten schoss Christina wieder in den Sinn, weswegen sie das Kleid überhaupt angezogen hatte. »Sch...« Sie legte sich selbst die Hand auf den Mund, um nicht zu fluchen. »Ich muss ganz dringend los!« Hastig betätigte sie den Aus-Schalter des Computers, drückte Julian einen Kuss auf die Lippen und rannte zu ihrem Auto.

Carlotta lehnte an ihrem Wagen und fummelte an ihrem Handy, als Hajo über den Parkplatz ging. »Hajo, weißt du vielleicht, ob's den Geldautomaten unten am Park noch gibt?«

»Lass einfach dieses Outfit an, Lotti, dann wird dein Date dir alles spendieren und du brauchst keinen einzigen Cent«, stichelte Hajo, während er ihre Hose betrachtete: weiß und so eng anliegend, dass man keine Vorstellungskraft mehr brauchte.

Carlotta rollte nur mit den Augen. »Danke für deine Hilfe.«

»Was macht eigentlich so jemand wie du bei Tinder?«, wollte Leon wissen, während er mit Carlotta durch den Stadtpark spazierte.

»Warum ich dort angemeldet bin?«, fragte sie ein

wenig überrascht. »Weil wir keine Nachbarn sind, nicht dieselben Freunde haben, wir gehen nicht zum selben Frisör und kaufen nicht im selben Supermarkt ein. Wir hätten uns doch sonst nie getroffen.«

Leon lächelte.

»Und ich bin sehr froh darüber«, fuhr Carlotta fort, »denn es ist lange her, dass ich mich mit einem Mann so gut unterhalten konnte. Du bist freundlich und höflich und *ehrlich* ...«

»Lass uns bitte weitergehen«, unterbrach Leon ihr Schwärmen.

Ihr gemeinsamer Spaziergang durch den Park führte sie an Wasserfontänen, dem Bootsanleger und der großen bunten Blumenwiese entlang. Die Zeit verflog und Carlotta schaute auf ihre Uhr. »Lass uns doch noch ein bisschen in diese Richtung gehen«, schlug sie vor und schritt dabei schnurstracks in Richtung des Parkausgangs. Während sie ein paar Schritte voraus ging, schwang sie beim Gehen ihre Hüften bewusst übertrieben, um ihrem Po ein laufstegwürdiges Wackeln zu verleihen. Mit einem anschließenden Blick über ihre Schulter checkte Carlotta Leons Reaktion.

»Sind das Designer-Schuhe?«, wollte er wissen.

Seufzend erwiderte sie: »Ja.«

Gemeinsam überquerten sie ein paar Straßen, bogen um mehrere Häuserecken und kamen vor einem Altbaureihenhaus zum Stehen. »So, hier wohne ich. Ich habe zwar keine Briefmarkensammlung, aber vielleicht möchtest du trotzdem mit nach oben kommen?« Leon nickte.

Im Hausflur zierte ein Schild mit der Aufschrift »Defekt« den Aufzug. Hinter einer Tür im ersten Stock hörte man lautstark Hartz-IV-TV im Fernseher laufen. Im zweiten Stock feierten ein paar Asis eine Technoparty. Im vierten roch es nach Kotze. Im achten sperrte Carlotta die Tür zu ihrer Wohnung auf.

»Treppensteigen macht durstig«, sagte Carlotta kichernd und ging in die Küche zum Kühlschrank. Mit durchgedrückten Knien beugte sie sich nach vorn, öffnete die Tür und griff nach einer der Radlerflaschen. Während ihr Hintern den höchsten Punkt ihres Körpers bildete, schaute sie zu Leon und grinste. »Wonach ist dir gerade?«

»Ein stilles Mineralwasser wäre toll.«

»Hmm. So was habe ich nicht da«, erwiderte sie verdutzt. Sie nahm ein Glas aus dem Schrank, hielt es unter den aufgedrehten Wasserhahn und reichte es ihm.

»Was machst du denn mit den vielen kleinen Nudeln?«, fragte Leon, während er Carlottas Küchenregal betrachtete.

»Die brauche ich fürs Abendessen. Jetzt aber«, ihre Stimme nahm fordernde Züge an, »will ich erst mal eine große Nudel.« Langsam ging sie vor ihm auf die Knie. Ihre Hände fassten in seine Hose, griffen an seinen Schwanz und holten ihn heraus. Carlotta massierte ihn hart, um ihn direkt zu verschlingen, bis der Würgereiz sie bremste. Wieder und wieder. Carlotta reichte Leon eine penisförmige Flasche Gleitgel, packte ihn am Schwanz und ging mit ihm zum Küchentisch. Während sie sich Stück für Stück von ihren Klamotten befreite und mehr und mehr von ihrem zierlichen gebräunten Körper zu sehen war, las Leon das Etikett mit der Gebrauchsanweisung und stellte die Flasche schließlich beiseite. Sie legte ihren Oberkörper auf der Tischplatte ab und stellte ihre Beine auseinander. Mit geschlossenen Augen hauchte sie ein: »Na, komm schon. Lass mich nicht so lange warten«, in seine Richtung. Als Leons Schwanz sie berührte, wollte sie ihn mit einem lustvoll gestöhnten: »Oh ja!«, weiter anheizen und griff ihn sich erneut. Als wäre er ein Spielzeug, rubbelte sie mit seinem Schwanz über ihren Wunderpunkt. Immer fester zupackend, begann sie mit einer kräftigen Massage. »Dann will ich dich mal reinlassen.« Sie kicherte vergnügt. Leon stöhnte und Carlotta spürte, wie sich sein Sperma auf ihr ergoss. Erschrocken riss sie die Augen auf und tastete an ihrer Tangaritze entlang. Auf ihre vollgewichsten Finger blickend, rief sie: »Ist das dein Ernst?!«

»Wollen wir jetzt vielleicht erst mal die Nudeln kochen?«, fragte Leon.

»Nein, wir wollen jetzt nicht *erst mal die Nudeln* kochen! Du kannst jetzt gehen!«, fauchte sie, während sie ihn durch den Flur in Richtung Treppenhaus schob.

»Wann treffen wir uns denn wieder?«, wollte Leon wissen, als Carlottas Wohnungstür hinter ihm zuknallte. »Schreib mir einfach!«, rief er, ohne eine Antwort zu erhalten.

Die letzten Minuten Revue passieren lassend, ging Leon Etage für Etage nach unten. »Erst das zweite Date und wir sind uns schon so nahegekommen, wie Mann und Frau sich nur nahekommen können.« Er lächelte. So etwas hatte er noch nie erleben dürfen. Es fühlte sich magisch an. »War das etwa dieses berühmte Kribbeln, von dem immer alle reden? Habe ich sie etwa endlich gefunden, die echte Liebe?«

Scheiße!«, schrie Christina. »Scheiße! Scheiße! Scheiße!« Die Gewissheit, dass niemand sie in ihrem Auto hören konnte, ließ ihre Emotionen ungehindert an die Oberfläche sprudeln. Hastig parkte sie ein, richtete kurz ihre Haare im Rückspiegel und rannte ins Haus. Gerade noch rechtzeitig erschien sie zum Geburtstagsessen ihres Großvaters.

»Wisst ihr, womit man schreiben und ein Baby füttern kann?« Christina, ihre Eltern und der Rest der Verwandtschaft schauten schulterzuckend zum Opa.

»Mit einem Breistift!« Er johlte lautstark und klopfte sich dabei wiederholt kräftig auf den Schenkel. Während die Gäste weiteres Gelächter von sich gaben, verzog Christina keine Miene. Sie empfand kein bisschen gute Laune, und schauspielern konnte sie schon längst nicht mehr. Ihr Großvater wischte sich die Lachtränen aus den Augen. »Christina, Kindchen, wie sieht es eigentlich mit eurer Familienplanung aus?«

Unter dem Vorwand, frische Luft schnappen zu wollen, warf sie sich ihre Jacke über und verließ das Wohnzimmer.

Hinter dem Haus stand eine alte hölzerne Bank, von der man den gesamten Garten überblicken konnte. Buntes Laub wehte über die Wiese, als würde es freudig im goldenen Sonnenlicht tanzen. Christina aber sah nur tote Blätter, die sich in ihrer Leblosigkeit der unaufhaltbar herannahenden Dunkelheit ergaben. Mit dem Gefühl, als würde ihr ein Kloß im Hals stecken und ständig den Tränen nah, zwang sie sich zur Disziplin. Aus ihrer Tasche holte sie Feuerzeug und Zigaretten.

»Wann kommt denn Noel?«, fragte Christinas Mutter, die ihr gefolgt war und sich neben ihre Tochter setzte.

»Muss Überstunden machen. Hat er zumindest gesagt«, hauchte sie und nahm unter den argwöhnischen Blicken ihrer Mutter einen Zug Nikotin.

»Du bist heute aber nicht besonders redselig.«

Christina antwortete nicht. Ihre Maskerade begann zu bröckeln, ihre Mundwinkel senkten sich und Tränen schossen schließlich hervor. »Noel war mir untreu, und überhaupt läuft es ganz und gar nicht gut zwischen uns!«

Ihre Mutter atmete tief durch. »Ach, Mädchen, redet doch noch mal miteinander.«

»Was soll es denn da noch zu reden geben!? Ich will nicht mehr reden!« Christina schluchzte.

»Mädchen, widersprich doch nicht immer. Denk an das teure Kleid, das du bestellt hast. Das kannst du jetzt nicht mehr umtauschen. Und du weißt doch, wie gern wir Großeltern werden möchten. Du bist immerhin schon achtundzwanzig.«

Christina verzweifelte und versuchte, sich mit weiteren Zügen an ihrer Zigarette zu beruhigen. »Was soll ich denn nur machen?«

»Redet doch einfach noch mal miteinander. Du möchtest doch bestimmt auch nicht, dass die Leute Schlechtes über dich erzählen, oder?«

$\mathcal{A}$m Abend der Weihnachtsfeier setzte sich Julian an denselben Tisch, an dem bereits Carlotta und Hajo saßen. Nur wenige Minuten vergingen, bis Christina den freien Platz an seiner Seite einnahm. Im Glauben, die Musik würde ihre Stimme übertönen, tuschelte Carlotta zu Hajo: »Wenn man die beiden so sieht, könnte man ernsthaft denken, sie wären ein richtiges Paar.«

Und so fühlte es sich für Julian auch an. Den ganzen Abend saß Christina neben ihm, und gemeinsam genossen sie die Stücke der Live-Band, die der Veranstaltung eine gemütliche Atmosphäre verliehen. Dass sie gleich zu Beginn des Abends die Initiative ergriff, fühlte sich für Julian fast magisch an. Sie redeten, sie scherzten und ihren Kollegen gegenüber inszenierten sie eine Welt, die heiler kaum sein konnte. Die Harmonie dieses Abends nutzend, suchte Julian noch mal das ernste Gespräch mit Christina. In einem kleinen Park, direkt gegenüber des gemieteten Saals, standen sie im schummrigen Licht einer Straßenlaterne voreinander. Das Gelächter ihrer Kollegen und die Musik der Band drangen gedämpft ins Freie. Man hörte das Gemurmel der Kollegen, die zum Rauchen vor die Tür gingen.

»Wie stellst du dir das in Zukunft mit uns vor?«, eröffnete Julian das Gespräch.

»Ich weiß es nicht.« Christina konnte die Ratlosigkeit in ihrer Stimme nicht verbergen.

»Engel, es geht mir nicht gut. Wenn du dich nicht für mich entscheiden willst«, Julian suchte nach den richtigen Worten, »werde ich mich von dir verabschieden müssen.« Er schaute in Christinas von Unbehagen gezeichnetes Gesicht und wartete vergeblich auf eine Antwort. »Für immer«, fuhr Julian fort.

Christina wusste, dass er sich nicht länger hinhalten lassen würde. »Dann muss ich das so akzeptieren«, antwortete sie hastig, um dieser beklemmenden Situation schnellstmöglich zu entkommen.

»Würdest du so einfach damit klarkommen?«, hakte er nach.

Schweres Atmen kündigte ihre Worte an. »Nein, ich brauche dich.«

Fassungslos schaute Julian sie an. Darauf gab es keine passende Antwort.

»Mir ist kalt, lass uns wieder reingehen«, schlug Christina vor.

Julians Tonfall verschärfte sich. »Wir sind aber noch nicht fertig!«

»Julian, ich kann und will mich nicht mehr rechtfertigen!« Ihn ignorierend, stapfte Christina unbeirrt hinein.

Julian verzweifelte. Die Verzweiflung wurde zu Wut. Wut auf Christinas Unfähigkeit, sich mit dieser Situation ernsthaft auseinandersetzen zu wollen. Wut auf seinen Wagen, den er mit quietschenden Reifen über die Straßen jagte. Wut auf den dichten Verkehr. Wut auf seine verschlossene Wohnungstür. Wut auf sich selbst.

Alle Welt feierte die Geburt eines Mannes, nach dessen Lehren sie doch nicht lebte. Alle Welt hockte vor einem geschmückten toten Baum und wartete darauf, dass ein alter fetter Mann durch den Kamin ins Haus einbrach. Julian hockte vor dem Fernseher, der nur lief, damit das Wohnzimmer nicht in völlige Stille gehüllt war. Apathisch und mit schweren Augenlidern starrte er auf den Bildschirm und wartete im Dunkeln. Worauf, das wusste er selbst nicht. In seinem Herzen klaffte eine Wunde, die sich mit Schmerz füllte. Ein Schmerz, mit dem er nicht umgehen konnte, deswegen versuchte er, ihn in Alkohol zu ertränken. Schlafen konnte er nicht, wach sein wollte er nicht. Er fühlte sich wie eingeschneit, Glücksgefühle schienen erfroren zu sein. Er verspürte keinen Appetit, doch das Knurren seines leeren Magens ertrug er bereits seit Stunden. Lethargisch schleppte er sich in die Küche. Eines der Fotos am Kühlschrank fand seine Aufmerksamkeit. Er nahm es ab und betrachtete es. Es zeigte ihn mit Christina. Beide lächelnd, den Arm auf der Schulter des jeweils anderen. Ein Schnappschuss, der entstanden war, als sie gemeinsam den Messestand betreut hatten. Ein Schnappschuss aus einer vergangenen Zeit. Aus einer Zeit, die nicht wiederkommen würde. Mit einem beherzten Ruck riss Julian das Bild in zwei Hälften. Im Licht des geöffneten Kühlschranks rann eine Träne über seine Wange und stürzte von Julians Kinn hinab in die Dunkelheit, nur um zwischen dem halbierten Bildnis einer zerbrochenen und unglücklichen Liebe auf dem kalten Küchenboden zu zerschmettern.

Julian joggte entspannt den Schotterweg außerhalb der Stadt entlang. Nach etlichen Kilometern ausgepowert, schlug er den Heimweg ein und betrat wieder die Straße, an deren Ende sich seine Wohnung befand. Auf der anderen Straßenseite sah er Christina. Sie schaute freundlich in seine Richtung, winkte ihm zu und sprach mit ihm, doch Julian konnte sie nicht verstehen. Als würde er tauchen, vernahmen seine Ohren nur bedrückendes Rauschen. Er wollte ihr antworten, aber sein trockener Mund ließ keine Worte zu, während sein Körper wie gelähmt schien.

Sie winkte ihn zu sich heran, doch er war nicht in der Lage, in ihre Richtung zu gehen. Er war nicht Herr seines Körpers. Plötzlich stolperte er und stürzte auf den Boden. Sein Gesicht schlug auf den Bordstein. Sekunden der Benommenheit. Mit den Händen drückte er sich erschöpft nach oben und betrachtete die roten Spritzer auf dem Boden. Er wischte sich mit dem Handrücken den Dreck von den Wangen und spuckte die in seinem Mund befindlichen losen Brocken aus. Vor ihn, in eine Pfütze aus Speichel, Schweiß und Blut, fielen seine Zähne.

Julian riss die Augen auf. Sein Herz hämmerte. Die Decke, die an seinem nassgeschwitzten Körper klebte, löste sich, als er diesen ins Badezimmer schleppte. Sein Blick fiel auf den Spiegel, während er ins Waschbecken pisste. Ein erbärmlicher blasser Typ mit blutunterlaufenen verheulten Augen blickte ihm entgegen. Das Spiegelbild nicht beachtend, ging er zurück zum Sofa. »Am einfachsten wäre es«, dachte er, »gar nicht mehr aufzuwachen.« Mit dem Gesicht voran ließ er sich ins Kissen fallen. Kalt und blass starrte der Mond durch das Fenster und beobachtete, wie Julian die Lust zu leben verlor.

Unsanft wurde Julian aus dem Schlaf gerissen, als der Hausmeister mit der Schneeschaufel draußen über den Fußweg kratzte. Er rieb sich die Augen und schaute sich in seiner Wohnung um. Unordnung und leere Flaschen zeichneten ein Bild des Elends. Er rieb sich die Augen ein zweites Mal und fragte sich, welche gescheiterte Persönlichkeit hier wohl hauste. Die Antwort war ihm sehr wohl bekannt. Schuld an allem war diese naive Pomeranze, zerfressen vom sturen Erreichen ihrer Ziele. Hohe Ziele, die am Ende doch nichts wert waren, wenn man ihnen nicht von Herzen folgte. Als ob jemand anderes für das eigene Glücklichsein verantwortlich sein könnte. Nein, das konnte nur von einem selbst ausgehen.

Seine Gedanken wurden begleitet von ununterbrochenem Lachen, das von draußen zu hören war. Beim Blick durch das Fenster sah Julian die Nachbarskinder beim Bauen eines Schneemanns, der im

Sonnenlicht ganz wunderbar funkelte. Als wollte der eiskalte Kamerad ihn die Schönheit der Welt neu entdecken lassen, neigte sich sein Kopf in Richtung eines Baumes. Dessen kahle Äste sonnten sich im warmen Licht, schmelzender Schnee tropfte in Form glitzernder Perlen auf die weiße Decke.

Wieder starrte Julian auf die Flaschen vor seinem Sofa. Zerfressen, das war auch er. Auf seinem Handy tauchte das Nachrichtensymbol auf. Hajo: »Heute Abend bei mir. Lass dein scheiß Handy zuhause.«

Als Julian am Abend bei Hajo klingelte, warf dieser sich die Jeansjacke über und sie machten sich auf den Weg. Mit der Straßenbahn fuhren sie bis an den Stadtrand. Hajo hatte von einer neuen Bar gehört, die nur darauf wartete, ordnungsgemäß abgeschmeckt zu werden.

An der Endstation verließen sie die Bahn und fanden sich am Rande eines Industriegebiets wieder. Wenige Gehminuten später kamen sie vor einem mehrstöckigen Altbau zum Stehen. Ihre Blicke schweiften über das heruntergekommene Gemäuer aus Backstein. Elektrisch vor sich hin summend, prangte der Schriftzug: »Zum feuchten Loch«, über der Eingangstür und erhellte die Fassade mit rosa Neonlicht. Die Fenster erstrahlten in ebenso farbiger Beleuchtung.

Sie waren angekommen in der Zentrale des Absturzes. Ein Ort, wo noch bedenkenlos verfassungswidrige Symbole in den Toilettensitz geritzt wurden. Freudig schaute Hajo sich um. »Ich muss zugeben, von außen sah dieses Loch aus wie eine abgeranzte Genickschussbude. Dabei ist es hier fast so sauber wie in einer schäbigen Unterschichtenkaschemme.«

Versuchte man den Gestalten an der Bar in die Augen zu schauen, erkannte man lediglich die Spiegelung der eigenen Silhouette. Feine Gesellschaft, wenn man eine Nacht zum Vergessen einläuten wollte. Hajo legte seine Hand auf Julians Schulter. »Wir fangen gleich mit Dickem an, damit's die Platte schön reindrischt!« Dem Barkeeper signalisierte er per Handzeichen und der Aussage: »Zwei Jacky Cola, Meister!«, die Bestellung. Mit den Gläsern in den Händen machten sie es sich an einem leeren Tisch bequem.

»Junge, in deinem Alter hatte ich noch lange nicht so eine steile Karriere wie du.«

Julian lächelte bei Hajos seltenen Lobesworten.

»Alles andere«, fuhr Hajo fort, »ergibt sich von selbst. Über Nacht werden dir plötzlich ein paar entscheidende Dinge klar und es wird sich wie eine Erleuchtung anfühlen. Bis es soweit ist, hörst du gefälligst auf, es erzwingen zu wollen.«

Die Tiefgründigkeit dieser Worte überraschte Julian. Plötzlich füllte sich sein Kopf mit tausend Fragen, sodass er sie nicht mit einem Mal formulieren konnte und sich erst sortieren musste.

Zwei aufgetakelte Damen in knappen Kleidern setzten sich neben die beiden. Hajo bestellte den beiden noch Sekt und legte den Arm um das Blondchen zu seiner Linken. Während Julian eigentlich das Gespräch fortführen wollte, begannen die beiden, näheren Kontakt zu suchen.

»Hajo, hier stimmt was nicht.«

»Die sind doch nur nett«, beruhigte Hajo seinen Freund.

»Jemandem den Schwanz zu massieren, hat nichts

mehr mit nett sein zu tun. Außerdem glaube ich, dass die beiden nicht mal verstehen, dass wir gerade über sie reden.«

Die gespielte Aufmerksamkeit von Julians unfreiwilliger Begleitung ließ keine Zweifel mehr. Auch die Loungemusik und die gedämpfte rote Beleuchtung passten nun ins Bild.

»Hajo, wir sind eindeutig in einem Puff. Lass uns bitte woanders hingehen.«

Hajo seufzte, beugte sich aber Julians Wunsch. »Wenn du meinst.« Er winkte dem Barkeeper und rief: »Zwei Fußpils bitte noch!«

Die Flaschen rutschten über die Theke, und sogleich ploppten deren Verschlüsse.

Während sie durch die leeren Straßen taumelten, wich Hajos Grinsen einer ernsten Miene. »Weißt du, welche Tiere dem Menschen am gefährlichsten werden können?«

Hajos Stimmungswechsel ließ Julian aufhorchen.

»Es sind die Schmetterlinge, die manchmal in unseren Bäuchen tanzen.«

Julian fühlte sich von seinem Kollegen nun endgültig ertappt. »Eine belegte Schnitte zu essen«, fuhr Hajo fort, »bekommt den meisten nicht gut.«

Julian spürte förmlich das Stechen von Hajos Blicken. Strenge, aber besorgte Blicke, die eine Antwort einforderten.

Bevor Julian diese in Worte fassen konnte, stolperte Hajo über einen Bordstein, verlor den Halt und versuchte dabei heldenhaft, die Flasche vor dem Zerbrechen zu bewahren, bis er schlussendlich stürzte und sie in seiner Hand zerschmetterte. »Verdammt!«, fluchte er.

Ein paar Scherben lagen auf der Straße, ein paar steckten in Hajos Hand.

»Scheiße, Mann, ruf den Krankenwagen!«, rief Julian.

»Das würde ich ja gern«, stöhnte Hajo, als er auf das gerissene Display seines Handys schaute, »aber wie's aussieht, müssen wir laufen.«

Beide polterten durch die Eingangstür zur Notaufnahme. Das Personal sprang auf und brachte sie in einen Behandlungsraum. Den kritischen Blicken der Ärztin folgte die Entwarnung.

»Das ist nicht weiter schlimm, wird aber etwas dauern.« Sie schaute zum Pfleger. »Philipp, entfern bitte die Splitter und näh anschließend die Wunde.«

»Ich warte draußen«, sagte Julian.

Hajo schüttelte verneinend den Kopf. »Geh nach Hause, Julian. Du bist derjenige, der sich ausruhen muss.«

Die Ärztin führte Julian zurück ins Foyer. »Machen Sie sich keine Sorgen. Philipp hat solche Verletzungen schon Hunderte Male geflickt. Ihr Vater ist in besten Händen.« Mit einem gutmütigen Lächeln, das sich über ihr ganzes Gesicht erstreckte, versuchte sie Julian zu beruhigen.

»Er ist nicht mein Vater«, antwortete er. »Manchmal kümmert er sich aber um mich, als wäre er es.«

Interessiert neigte die Medizinerin ihren Kopf. Eine Strähne ihres glatten schwarzen Haares fiel dabei über ihr Gesicht.

»Vielen Dank.« Julian blickte auf das Schild an ihrem weißen Kittel. »Doktor Sponsa.« Er richtete den Kragen seiner Jacke und verließ das Gebäude.

Nur wenige Augenblicke vergingen, bis Doktor Sponsa ihm folgte und beobachtete, wie Julians Silhouette in den Schatten der Nacht verschwand. Philipps Stimme drang aus dem Behandlungsraum: »Sina, haben wir noch irgendwo Faden?« Als sie nicht reagierte, kam er ins Foyer und beobachtete, wie sie offenbar gedankenversunken in die Dunkelheit blickte. »Ist alles okay bei dir?«, fragte er vorsichtig. Ein breites Lächeln zierte ihr Antlitz, ihre Augen waren groß und funkelten. »Ja, Philipp, das ist es. Das ist es.«

Der Zug leerte sich von Station zu Station. Leute stiegen aus, niemand stieg zu. Durch die zerkratzten und beschmierten Fenster der Bahn schaute Julian auf die Lichter der in nächtliche Schatten gehüllten Nordvorstadt. Ihm gegenüber saß ein schlafender Mann mittleren Alters. Die Arme verschränkt, den Kopf zur Seite geneigt, den Mund weit geöffnet. Speichel lief ihm bis zur Wange, während sich auf seinen zerrissenen Jeans ein dunkler Fleck zwischen seinen Beinen bildete, der langsam größer wurde. Der Zug hielt, Julian verließ den Waggon und ging durch den mit schäbigen Graffiti gesäumten Ausgang der Haltestelle. Es war menschenleer und still.

Vogelgezwitscher kündigte den Morgen an, als er die Tür zu seiner Wohnung aufschloss und auf sein Handy schaute. Eine Nachricht von Christina erschien auf dem Display: »Ich habe jeden Augenblick mit dir sehr genossen und es war so schön, in deinen Armen zu liegen. So unsagbar vertraut. Seitdem ich dich kenne, habe ich das Gefühl, als hätte ich mein Leben lang die Luft angehalten und könnte plötzlich atmen. Du bist nicht irgend jemand und ich will dich nicht verlieren. Julian, es war nicht geplant, dass ich mich in dich verliebe. Aber ich kann nicht, es geht nicht. Ich würde das nicht durchstehen. Verzeih mir bitte.«

Julian traute seinen Augen kaum. Er las die Nachricht erneut. Und um ganz sicher zu sein, ein weiteres Mal. Da war dieses Wort, das ihm heilig war und so viel bedeutete.

Aufgewühlt wälzte sich Julian in seinem Bett hin und her. Seine Gedanken rasten, überschlugen sich und ließen sich nicht in Worte fassen. Der vergangene Abend zog an seinem inneren Auge vorbei und Hajos Worte hallten durch sein Gedächtnis. Die belegte Schnitte bekam ihm wirklich nicht gut, und mit jedem Bissen wurde es schlimmer.

In der Küche hängte er einen Teebeutel, auf dessen Anhänger die Worte: »Sandmännchens Bester«, zu lesen waren, in eine Tasse und übergoss ihn mit heißem Wasser. Gedankenverloren nahm er einen Schluck und schaute dabei in Richtung seines Handys. Grübelnd nahm er einen weiteren Schluck. Immer wieder nippte er und zerbrach sich dabei den Kopf, bis der Tee alle war und er die Tasse beiseite stellte. Er atmete tief ein und wieder aus, überdachte alles noch ein weiteres Mal und griff anschließend nach seinem Handy, um mit dem Schreiben zu beginnen.

Während Schneeflocken sanft durch die Dunkelheit des Abends schwebten, hielten sich Christina und Julian in den Armen. Sie versanken gegenseitig in den Augen des anderen und suchten nach Worten für etwas, das beide nicht aussprechen wollten. Julian überwand den Kloß in seinem Hals. Brüchig formte seine Stimme lose Gedanken zum Beginn einer lange überfälligen Aussprache: »Du sagtest, dass du mich brauchst und nicht verlieren willst.« Mit der Erleichterung des nun gemachten ersten Schrittes folgte augenblicklich Christinas Zustimmung. Julian schluckte, sein Blick senkte sich, seine Stimme verlor weiter an Kraft: »Ich habe entschieden, dass das bei mir nicht so sein kann. Ich kann nicht nur irgendeiner deiner Freunde sein, das ist nicht meine Rolle.«

Sekunden vergingen, doch beide fühlten sich endlos gequält. »Dann muss ich«, hauchte Christina leise, »das so akzeptieren.«

Julian drückte sie ein letztes Mal fest an sich. Mit ihrem Kopf auf seine Brust gebettet, schloss sie die Augen. Nicht fest genug, um ihre Tränen verbergen zu können. »Ach, Scheiße, Julian!«, entsprang es ihren sonst so beherrschten Lippen.

Ihre Blicke trafen sich erneut. Verlaufene Mascara in Christinas Antlitz ließ auch Julians Augen glasig werden. Er entließ sie aus seiner Umarmung. An ihr Auto gelehnt, starrte sie auf den mit Schneematsch bedeckten Boden. Ihr Schluchzen ließ Julian in Hilflosigkeit verfallen. Mit zitternder Stimme versuchte er, sich zu erklären: »Alles ist wunderschön mit dir und ich will dich auch nicht verlieren. So, wie es jetzt ist, kann es aber nicht funktionieren.« Er musste innehalten. Christina schwieg. Julian zwang sich zum Weiterreden: »Den Platz in meinem Herzen brauche ich für jemanden, der sich auch wirklich für mich entscheidet. Du musst ihn wieder freigeben.« Er schloss sie nochmals in seine Arme, nachdem er in ihre Augen blickte und sah, wie Tränen über ihre Wangen liefen. Julian streichelte ihre Wange und küsste anschließend die andere. »Es tut mir leid, mein Engel«, war der Satz, mit dem er sich von ihr verabschiedete.

Den Tränen mehr als nahe stieg er in sein Auto. Mehrmals atmete er tief durch. Ihm war schlecht. Im Rückspiegel sah er, dass Christinas Auto noch unbewegt an Ort und Stelle stand. Sicherlich saß sie gerade darin und weinte. Für die Dauer eines Augenblicks dachte er darüber nach, sie nicht allein zu lassen. Er wollte nach ihr schauen und zwang sich doch noch, diesen Fehler nicht zu begehen. Gegen alles, was er für sie empfand. Nein. Er konnte jetzt keine Rücksicht mehr nehmen. Dass sie ein Paar wurden, wollte sie nicht, Freunde sein konnten sie nicht. »Jetzt ist es vorbei«, dachte Julian und fürchtete sich davor, sich gerade selbst zu belügen. Er startete den Wagen, verließ diesen Ort der Traurigkeit und trat die Fahrt in Richtung einer hoffentlich schöneren Zukunft an.

*H*endrick klingelte. Die Tür öffnete sich ein Stück weit, Carlotta schaute durch den Spalt. Mehr als ihre durcheinander gebrachten Haare und ein Shirt mit aufgedrucktem Alf-Motiv waren von ihr nicht zu sehen. »Null Problemo«, dachte Hendrick und kam zum Geschäftlichen. »Hi. Ich bring dir deine Pizza.« Während sie zum Geld holen zurück in die Wohnung ging, stupste er die Tür weiter auf. Der Flur ihrer Wohnung kam zum Vorschein und Hendrick entdeckte, dass Carlottas kurze Sporthose kaum ihre straffen Pobacken bedeckte. Er grinste. Das Quietschen der Tür verriet ihn. Mahnend erhob sie die Stimme: »Ist irgendwas?«

Er schmunzelte, bis sie mit ihrem Portemonnaie wieder vor ihm stand. »Entschuldige, wenn ich das so sage, aber du siehst aus, als hätte man dich gerade geil durchgebumst.«

Sie neigte ihren Kopf zur Seite, ihr Blick verschärfte sich. »Geil war´s leider schon länger nicht mehr.« Sie musterte Hendrick von oben bis unten. »Es sieht so aus«, sie tat so, als würde sie in ihrer Geldbörse nach Kleingeld suchen, »als hätte ich kein Bargeld mehr.«

Schulterzuckend garnierte Hendrick seine Frage mit feinster Scheinheiligkeit: »Wie lösen wir das Problem denn jetzt?«

»Komm rein«, ordnete Carlotta an.

Und wie ich reinkommen werde, dachte Hendrick beim Betreten der Wohnung.

»Willst du was trinken?«, fragte sie, während sie ihn in die Küche führte. Mit durchgedrückten Knien beugte sie sich nach vorn, öffnete die Tür des Kühlschranks und griff nach zwei Flaschen Radler. Während ihr Hintern den höchsten Punkt ihres Körpers bildete, schaute sie zu Hendrick. Vollkommen von ihrer Show ergriffen, sah er nichts anderes als ihren Arsch. Carlotta grinste und fragte sich, welche Gedanken er wohl gerade ausbrütete. »Oder möchtest du doch lieber was anderes?«

»Ist genau das Richtige«, entgegnete er halb geistesabwesend. Er nahm einen großen Schluck aus der Flasche und kippte den Rest über Carlottas kleine Titten. »Hoppla! Zieh den Alf mal lieber aus, sonst erkältest du dich noch.«

Geprägt von einer Mischung aus Entrüstung und vollkommener Ratlosigkeit brauchte Carlotta ein paar Sekunden, um sich wieder zu sammeln. »Ernsthaft? Das ist deine Masche? Und du glaubst wirklich, dass ...«

Hendrick packte ihr Gesicht und formte ihren Mund zu einer Schnute. »Wenn ich so was in der Küche stehen sehe«, er hielt ihr die Flasche mit dem Gleitgel vor die Augen, »dann muss ich nichts glauben. Dann weiß ich sofort Bescheid.« Er drückte ihren zierlichen Körper nach unten, und willig fiel sie vor ihm auf die Knie. Blitzartig holte er seinen Schwanz aus der Jogginghose und schob ihn ihr quer in den Mund. Mit jedem Stoß drückte er von innen gegen ihre Wange, bis diese sich nicht weiter nach außen wölben ließ und ihr Gesicht verzerrte. Als Hendrick seinen Griff lockerte, damit sich Carlotta befreien konnte, drehte sie ihr Gesicht schnell zur Seite, damit er nicht sofort erneut ihren Kopf ficken konnte. Während sie durchatmete, griff er nach ihrer Brille und legte sie beiseite. Das nasse Shirt streifte Hendrick ihr über den Kopf und ließ es auf den Küchenboden klatschen. Wieder spürte Carlotta, wie seine Hand sie im Genick packte und nach unten drückte, bis sie sich auf den Armen abstützen musste und sich auf allen vieren vor ihm wiederfand. Hendrick blickte von oben auf sie herab, während er sich hinter sie kniete, um sie mit einem beherzten Ruck von ihrer Hose zu befreien. Er griff nach der penisförmigen Gleitgelflasche. Während er den Inhalt auf seine Handfläche quetschte, bemerkte er Carlottas Bikinistreifen. Wie ein weißer Pfeil auf ihrer sonst sonnengebräunten Haut zeigte die helle Fläche auf ihrem Hintern bis zu ihrer gemähten Liegewiese.

»Wie ich mich schon drauf freue, da rein zu ficken«, raunte er vor sich hin, während er ihre Pussy einschmierte. Ohne eine Sekunde des Zögerns drückte er seinen Schwanz in ihr enges Loch und begann es zu rammeln, als wäre er eine menschgewordene

Nähmaschine. Angestrengt versuchte Carlotta, dem standzuhalten. Als sie es schaffte, seinen Rhythmus aufzunehmen, reckte sie ihren Arsch jedem Stoß ein kleines Stück entgegen. Ihre Unterleiber klatschten gegeneinander, als würden sie für diese Vorstellung heftig Beifall spenden.

»Du willst wohl, dass ich schnell abspritze?«

»Ich will nicht«, ihre Antwort wurde von Stöhnen und Hecheln unterbrochen, »dass du schnell abspritzt. Ich will nur meinen Spaß haben.«

Ohne das Stoßen zu unterbrechen, griff er zwischen ihre Beine und rieb ihre Perle. Carlottas Stöhnen verwandelte sich in einen lusterfüllten Schrei des Vergnügens. Als Hendrick wieder von ihr abließ, warf Carlotta ihm augenblicklich laszive Blicke zu. »War das schon alles, was du kannst?«

Hendrick packte ihre Hände, verschränkte sie auf ihrem Rücken und drückte ihr Gesicht auf den Boden. Während er seinen Schwanz immer kraftvoller in Carlotta rammte, näherte er sich Stoß für Stoß dem Höhepunkt. Er zog ihn raus, spritzte auf ihren knochigen Arsch und griff nach der Flasche mit dem

Gleitgel. Carlotta atmete durch, während der warme Bocksaft an ihr herunterlief. Hendrick aber gönnte ihr keine Pause und fickte sie mit der Flasche weiter, bis Carlotta: »Oh ja!«, schrie und erschöpft zusammensank.

Nebeneinander lagen sie auf dem Küchenboden und schauten an die Zimmerdecke. Carlottas Bauch hob sich, als sie einen tiefen Atemzug nahm, um ihn langsam und zufrieden wieder in den Raum zu pusten. Ihr Gesicht drehte sich zu Hendrick. »Du kannst dir gleich wieder abschminken, dass du jetzt einfach so verschwinden kannst«, legte sie fest und griff nach ihrer Tasche, um einen Kugelschreiber hervorzukramen. In makelloser Schönschrift schrieb sie ihre Handynummer Ziffer für Ziffer auf seinen Unterarm. »Du wirst dich schön wieder bei mir melden, hast du verstanden?«

Mit jedem Tag, der verging, wurde Leon unruhiger. Bereits seit einer Woche hatte er nichts mehr von Carlotta gehört. Pausenlos checkte er ihren Onlinestatus. Immer wieder fragte er, ob es ihr gut gehe oder vielleicht etwas passiert sei, aber alle seine Nachrichten blieben ohne Antwort. Als er diese Ungewissheit nicht mehr ertragen konnte, wählte er schließlich ihre Nummer. Nach schier endlosem Klingeln nahm sie schließlich ab. »Entschuldige bitte, dass ich mich so still verhalten habe. Ich will ehrlich zu dir sein. Der Grund dafür ist, dass ich jemanden kennengelernt habe, der mich schwer begeistert. Ich wünsche dir alles Gute!«

Noch bevor Leon etwas antworten konnte, war das Gespräch bereits wieder beendet.

Die folgenden Tage war er in sich gekehrt und still. Weder Freude noch Ärger schienen sein Gemüt berühren zu können. Eine weitere Woche war verstrichen, als er sich vorzeitig bei seinem Chef abmeldete. Es gehe ihm nicht gut, sagte er wortkarg. Er stieg ins Auto und fuhr ein paar Minuten, bis die Straße zu einem einsamen Feldweg führte. Leon brachte das Auto zum Stehen. Bis jetzt hatte er sich beherrschen können, aber nun sackte er in sich zusammen und es brach geballt aus ihm heraus. Tränen und die Traurigkeit über den Verlust dieser besonderen Sache. Sofort waren sie vertraut gewesen miteinander, gleich darauf hatte sie sich ihm körperlich hingegeben und jetzt, von heute auf morgen, war sie weg. Keine Erklärung, kein Abschied, kein Wiedersehen. »Oder vielleicht doch?«, dachte Leon. »Vielleicht muss ich um sie kämpfen?« Er wischte sich die Tränen aus den Augen und setzte einen entschlossenen Blick auf. Mit dem Drehen des Zündschlüssels startete er seinen Wagen.

Leon drückte die Klingeltaste. Minuten vergingen, in denen er vor der Sprechanlage auf und ab tigerte. Keine Reaktion. Abermals berührte er mit dem Finger den Knopf. Aus dem Lautsprecher ertönte Carlottas genervt klingende Stimme: »Ja!?«

»Ich möchte bitte kurz mit dir reden.«

»Wer ist denn da!?«, fauchte es zurück.

»Leon.«

Für Sekunden herrschte Totenstille.

»Das geht gerade nicht.«

Leons Bitten und Betteln prallte wirkungslos von Carlottas harter Haltung ab. Die Sprechanlage blieb nun genauso stumm wie bereits ihr Telefon zuvor. Entmutigt und verwirrt stieg er zurück ins Auto. Nach einer Erklärung für ihr Verhalten suchend, machte er sich mehr und mehr Gedanken. Während er grübelte, floss die Zeit nur so dahin. Plötzlich sah er, wie sich die Haustür öffnete und Carlotta ins Freie trat. Er riss die Autotür auf und rannte zu ihr. »Was ist denn so wichtig?« Sie reagierte ebenso erschrocken wie gereizt auf seinen Auftritt.

Leon versuchte, ihr in die Augen zu schauen. »Du! Und ich würde gern noch mal über uns reden.«

»Ich glaube, es wäre besser, wenn du jetzt gehst.«

Beflügelt vom Hoffnungsschimmer, nun alles retten zu können, legte er seine Arme um Carlotta und zog sie an sich.

»Befummelt dich der Typ?«, hörte Leon plötzlich eine Stimme impulsiv aus dem Hintergrund fragen.

Bevor er verstand, was gerade geschah, wurde Carlotta von ihm gerissen und eine Faust schlug Leon mitten ins Gesicht. Benommen torkelte er zurück, versuchte, sich an einer Mülltonne festzuhalten und stürzte mitsamt dieser auf den Boden. Leon versuchte, sich aufzurichten und sah, wie Carlottas schmale Silhouette regungslos vor ihm stand. Neben ihr erkannte er die Kontur eines großen Mannes. Er spürte, wie Blut aus seiner Nase lief.

»Das war übertrieben«, sagte Carlotta zu ihrem Neuen und wandte ihren Blick wieder in Leons Richtung. »Es tut mir leid. Du solltest jetzt nach Hause gehen.«

Leon sah zu, wie die beiden in einen runtergekommenen Kleinwagen stiegen, der das Logo vom »Flying Souvlaki Express« trug. Kurz darauf verschwand das Auto hinter dem nächsten Häuserblock. Leon rappelte sich auf und streifte den Abfall von seiner

Kleidung, den die Mülltonne beim Umfallen über ihn ergossen hatte. Er schleppte sich zurück zum Auto und tastete seine Nase ab. Sie war gebrochen. Gebrochen wie sein Herz.

Die ganze Breite der Landstraße nutzend, fuhr er durch den bereits finsteren Abend. Im Irrglauben, laute Musik könnte Gedanken übertönen, drehte Leon am Lautstärkeregler des Radios. Irgendwo zwischen Traurigkeit und Wut ignorierte er Tempolimits und die zunehmend schlechte Witterung. Er hatte genug. Beim großen Spiel, die berühmte wahre Liebe zu finden, stand er nicht auf der Gewinnerseite. Es zermürbte ihn und er wollte nur noch weg von alldem. Mit einer Hand am Lenkrad fischte die andere das Handy aus der Hosentasche. Leon wollte diesen Abschnitt seines Lebens hinter sich lassen. Leon - dieser falsche Name hat ihm nichts als Ärger eingebracht. Das Logo von Tinder erschien auf dem Display. Profil gelöscht. App gelöscht. Carlottas Nummer: gelöscht. Nicht löschen ließ sich seine kaputte Nase. Diese sollte behandelt werden. Das konnte sein bester Freund erledigen, schließlich war er Krankenpfleger. Er wählte Philipp aus der Kontaktliste und tippte auf den grünen Hörer. Urplötzlich blickte er ins Licht des Gegenverkehrs. Vor Schreck ließ er das Handy fallen, sein Gesicht wurde bleich, die Hände verkrampften sich um das Lenkrad herum. Sekundenbruchteile unsagbarer Angst vergingen. Gott sei Dank hatte der andere die nötigen Reflexe gehabt und war ausgewichen. Während sein Herz wie wild schlug, hörte man Philipps Stimme aus dem Fußraum: »Hallo? Bist du noch da?«

Schnee verzauberte die Landschaft mit einer Stimmung der Ruhe und Friedlichkeit. Getränkt im Blau der Nacht erschienen die Wälder und Äcker wie das Gemälde eines Künstlers. Die spitzen Kurven der in Dunkelheit gehüllten Landstraße schlängelten sich durch sie hindurch und Julian ließ eine nach der anderen hinter sich. Mühelos schnitt sein Auto durch die umherwirbelnden weißen Flocken, während es den Schneematsch links und rechts in die Nacht spritzen ließ. Plötzlich zwang grelles Licht seine Augenlider für Sekundenbruchteile nach unten. Ein entgegenkommender Wagen nutzte die gesamte Fahrbahn und machte keinen Millimeter Platz. Julian riss das Lenkrad zur Seite. Sein Auto rutschte durch den Matsch. Die Lenkung reagierte nicht mehr. Sein Blick wurde von der großen kahlen Eiche am Straßenrand gefangen gehalten. Sie kam näher und näher. Immer näher. Die Geräusche von gewaltsam brechendem Holz, zersplitternden Scheiben, knallenden Airbags und sich rabiat verbiegendem Stahl drangen gleichzeitig durch die finsteren Abendstunden. Von all dem hörte Julian nichts. Das Knirschen seiner berstenden Knochen, das Zerreißen seiner Muskeln, das stechende Fiepen in seinen Ohren und der heftige Schlag seines Herzens bestimmten seine Wahrnehmung. Eisiger Wind peitschte Schnee durch die zerstörten Scheiben des Autos. Ein metallischer Geschmack breitete sich in seinem Mund aus und färbte das Weiß in seinem Gesicht zu Rot. Seine Sinne wurden stumpfer und stumpfer. Das Wehen des Windes um ihn herum wurde leiser, bis seine Umgebung komplett verstummte. Während er angestrengt nach seinem Handy griff, wurden seine Lider immer schwerer, bis es finster vor Julians Augen wurde und ihn seine Kräfte verließen.

*P*hilipps Küche glich einer Notaufnahme.

»Lass mich noch mal zusammenfassen«, sagte Philipp, während er das Blut aus Noels Gesicht vorsichtig abtupfte. »Mit Christina läuft es schlecht und deswegen triffst du dich hinter ihrem Rücken mit anderen?«

Noel fühlte sich ertappt, starrte auf den Boden und flüsterte:

»Ja.«

»Und du bist der Meinung, ein Tinder-Profil zu erstellen und dich Leon zu nennen, löst deine Probleme?«

Ohne seinen Blick vom Boden abzuwenden, hauchte Noel ein weiteres: »Ja.«

»Was hättest du denn getan, wenn eine von Christinas Freundinnen dich dort entdeckt hätte?«, wollte Philipp wissen.

Mehr als ein Schulterzucken wusste Noel nicht zu erwidern.

Philipp führte seine Befragung fort: »Und von keiner dieser Frauen, Christina eingeschlossen, fühlst du dich verstanden?«

Eine Antwort schuldig bleibend, zeigte Noel keine Reaktion.

Philipp nahm den Eisbeutel von Noels Nase und schaute ihm in die Augen. »Wie lang läuft das schon so?« Seine Stimme klang wie ein verbal erhobener Zeigefinger.

»Über ein Jahr«, seufzte Noel.

Nachdenklich suchte Philipp nach den richtigen Worten für diesen ziemlich ungemütlichen Zeitpunkt. »Hast du schon mal darüber nachgedacht«, konfrontierte er seinen besten Freund vorsichtig, »dass es allgemein an Frauen liegen könnte?«

Noel hüllte sich in Schweigen und starrte weiterhin betroffen auf den Boden. Philipp nahm die Hand seines Freundes und umschloss sie mit seiner eigenen. »Wenn du dich selbst nicht so akzeptierst, wie du bist, wirst du nie das große Glück finden können.«

»Das sagst du so einfach!«, wetterte Noel, während er gegen die Tränen kämpfte. »Deine Eltern zwingen dir nicht ihren erzkonservativen Lebensweg auf!«

»Ich weiß sehr gut, wie du dich jetzt fühlst.« Die ungewöhnliche Gelassenheit in Philipps Stimme besänftigte Noel. Zwei traurige Augen blickten in zwei, die verständnisvoll und beruhigend wirkten. Zwei tröstende Hände hielten eine, die von Rastlosigkeit erschöpft war. Zwei Paar Lippen berührten sich und teilten ein Gefühl, das sich wie die Erfüllung lang gehegter Sehnsüchte anfühlte.

Die klare Nacht bildete die Bühne für ein Ensemble von zahllosen funkelnden Sternen. Christina wollte sie nicht sehen. Vergraben in ihrem Bett wartete sie auf Noel. Ihre Wut hatte sich inzwischen in ein merkwürdig ungutes Gefühl verwandelt. Er war noch immer nicht nach Hause gekommen, dabei hätte seine Schicht schon seit Stunden beendet sein müssen. Ein Blick auf das Display ihres Handys verriet, dass Julian versucht hatte, sie zu erreichen. Sie entschloss sich, den Rückruf zu tätigen, um ihren Frust bei ihm zu entladen. »Weißt du überhaupt, was du willst!? Erst groß Abschied nehmen und dann gleich wieder anrufen!?«, schrie sie unter verzweifeltem Zorn ins Handy. »Wer sind Sie?«, unterbrach eine fremde Stimme Christinas Gefühlsausbruch.

Sekunden der Stille verstrichen. Sekunden, die sich wie Stunden anfühlten. Eine allumfassende Verwirrung überkam sie. Ihr wurde schlecht.

»Ihre Nummer war die letzte, die vor dem Unfall gewählt wurde«, gab die unbekannte Stimme bekannt.

Reglos starrte Christina in die Dunkelheit ihres Schlafzimmers, das Handy krampfhaft an ihr Ohr gepresst. Sie fand keine Worte für das, was ihr gesagt wurde. Allgegenwärtiger Schmerz erfüllte sie. Julians Auto, der Baum, der Notarzt, künstliches Koma. Christina blieb still, während sie versuchte, die Unwirklichkeit dieses Augenblicks zu verstehen. Das Handy fiel ihr aus der zitternden Hand, bevor sie bitterlich weinend vor Hilflosigkeit schrie.

*W*arnende Worte hallten wieder und wieder durch Julians Kopf: »Eines Tages wirst du genau daran zerbrechen!«

Wie ein Zuschauer beobachtete Julian sich selbst und Hendrick. Wie sie in jungen Jahren mit den Fahrrädern zum Supermarkt fuhren, um Stickertüten für ihr gemeinsames Star-Wars-Sammelalbum zu kaufen. Wie Hendrick ihm später alles über die Hintergründe dieser Filme erklärt hatte. Dass Anakin Skywalker definitiv an Borderline litt und die Jedi ihn mit ihrem Unverständnis dem Imperator direkt in die Arme trieben. Diesen Blick für die unsichtbaren Dinge und das Verständnis für jegliches Handeln der Menschen hatte Julian schon immer sehr an seinem Bruder bewundert. Hendricks Unbeschwertheit und seine Fähigkeit, scheinbar sorglos durchs Leben gehen zu können, hatte den beiden so viele Stunden voller herzlichem, gemeinsamem Lachen beschert. Damals waren es schöne Zeiten gewesen. Jetzt waren es schöne Erinnerungen, die Julian aus den Augen verloren hatte. Nur ein paar Jahre waren vergangen, doch irgendwie hatten sie sich auseinandergelebt. Ein schlechtes Gefühl überkam Julian, das sich wie Verrat anfühlte. Niemals hatte er es seinem Bruder gedankt oder ihm etwas zurück gegeben. Eine schmerzhafte Erkenntnis, die seine Augen feucht werden ließ.

In der Ferne vernahm Julian einen regelmäßig wiederkehrenden Piepton. Schrittgeräusche traten langsam aus dem Hintergrund hervor, bis sie direkt neben ihm wieder verhallten. Er wollte sich umschauen, doch er war zu schwach, um sich bewegen zu können. Nur unter größter Anstrengung gelang es Julian, seine Augen zu öffnen. Um sich herum erblickte er den piepsenden Überwachungsmonitor, der seinen Herzschlag auf einem Bildschirm zeigte. Sein Körper war in Verbände gehüllt und Pflaster klebten an den Stellen, wo man ihm keinen Gips angelegt hatte. Eine weibliche Stimme löste die monotone Geräuschkulisse auf: »Guten Morgen.«

Julians Unbehagen verflog. Die Warmherzigkeit, die er zu spüren glaubte, ließ ihn wieder ruhiger atmen. Zu gern wollte er antworten, doch fehlte ihm die Kraft dafür. Mehr als neugierig machte Julian die Frau zu dieser lieblichen Stimme, die nun in sein Blickfeld trat und seine Hand mit ihrer umschloss. Schwarze offene Haare fielen in Strähnen tief über ihre Schulter und rahmten ein Gesicht ein, das weich und liebenswürdig wirkte. Ihr Lächeln war wie ein Sonnenstrahl, der durch die graue Wolkendecke drang, und ihre großen Augen funkelten wie der Sternenhimmel. Nur verschwommen konnte Julian die Buchstaben auf ihrem Namensschild erkennen. Mit zugekniffenen Augen entzifferte er: »Dr. Sina Sponsa.«

*A*uf ihrem Sofa liegend, beobachtete Carlotta, wie Hendrick hastig in seine Shorts stieg. »Was machst du da?« Ihrer Frage wohnte deutlich erkennbar ein mahnender Unterton bei.

»Ich muss los.«

»Neeeiiin«, seufzte sie wie ein kleines Mädchen. Ohne sich darum zu kümmern, suchte Hendrick weiter seine Klamotten in der Wohnung zusammen, bis sie ihn erneut störte. »Und was ist damit?« Carlotta neigte ihren Kopf zur Seite, biss lasziv auf ihre Unterlippe und öffnete dabei ihren flauschigen Bademantel. Darunter war sie oben ohne, unten trug sie nichts. Ihre lüsternen Blicke verfehlten ihr Ziel, als Hendrick sich sein Shirt überstreifte.

»Hör auf damit, ich muss los«, erwiderte er. »Das ist wirklich wichtig.«

Carlotta streckte ihren Arm aus und angelte Hendrick an seinem Hosenbund zu sich heran.

»Was soll denn das? Ich hab keine Zeit, habe ich gesagt!«

»Komm schon, nur noch ein Mal.« Sie packte seinen Schwanz wieder aus und begann ihn zu blasen. Kurz darauf runzelte sie ihre Stirn. »Irgendwie schmeckt das gerade komisch.«

»Nach Urin vielleicht?«, warf Hendrick trocken in den Raum.

Carlottas Gesichtsausdruck fror für Sekunden in einer Schockstarre ein.

»Ja, ich hab dir gerade ins Maul gepisst«, gab er mit einer Betonung zu verstehen, als würde er einem Kleinkind erklären, wie man die Schnürsenkel bindet.

Sie musste würgen und der Ekel trieb ihr die Tränen in die Augen. Augenblicklich rannte sie ins Bad und das Rauschen des Wasserhahns ertönte.

In aller Ruhe begab sich Hendrick in die Küche. Im Kühlschrank fand er noch eine Cola für unterwegs. »Mach´s gut, Claudia!«, verabschiedete er sich im Vorbeigehen am Bad.

»Mein Name ist Carlotta, du widerlicher Wichser!«, schrie sie, nachdem Hendrick die Tür hinter sich bereits ins Schloss hatte fallen lassen. Er sprintete das Treppenhaus runter zum Auto, das noch immer mit leuchtenden Warnblinkern auf dem Fußweg parkte. Durch den dichten Feierabendverkehr jagte er zu seiner Verabredung.

Hendrick sprang aus dem Auto und rannte hastig über den Parkplatz des Krankenhauses, begleitet von den warmen Strahlen der Frühlingssonne und dem munteren Zwitschern der Vögel. Der Schriftzug: »Caféteria«, prangte über dem Eingang eines Gebäudes, das wie die Einladung zu einem fröhlichen Beisammensein mit den Liebsten wirkte. An einem der Tische auf der großzügigen Terrasse sah er bereits Julian sitzen, neben ihm eine Schwarzhaarige in weißem Kittel. Er ließ den Pizzakarton auf den Tisch klatschen und nahm seinen Bruder zur Begrüßung fest in die Arme. »Stehen dir verdammt gut, die ganzen Verbände.« Julians Lachen folgte ein aus tiefstem Herzen kommendes: »Es ist schön, dich zu sehen.«

»Hi, ich bin sein Bruder«, stellte sich Hendrick anschließend Julians Begleitung vor.

»Sina«, erwiderte sie lächelnd.

Während Hendrick sich nach dem Wohlbefinden seines Bruders erkundigte, immer wieder: »So ein verdammtes Glück«, sagte und ihn ständig an sich drückte, hob Sina vorsichtig den Deckel des Pizzakartons an und riskierte einen Blick in sein Inneres. »Hawaii? Etwa wegen der Ananas?« Sie lachte und warf ihren Kopf dabei in den Nacken.

Julian hielt kurz inne. Sina strahlte glanzvoller, als es die Sonne jemals könnte. Er konnte nicht anders, als sich ihrem Lachen hinzugeben und sich lauthals davon anstecken zu lassen. Er lachte aus purem Glück, als hätte nie auch nur das kleinste Steinchen je auf seinem Herzen gelegen.

Nachwort

anke, dass Du mein Buch bis zum Schluss gelesen hast. Kennst Du jemanden, der ähnliche Probleme hat wie Christina und Julian? Vielleicht sogar jemanden, der in einer ähnlichen Situation wie Noel ist? Ob diese Menschen durch mein Buch wohl eine andere Perspektive auf ihr eigenes Leben erhaschen können? Oder fandest Du die Geschichte unterhaltsam und möchtest mit Deinen Lieben bei einem Glas Wein darüber plaudern, abseits der Probleme der echten Welt? Vielleicht kannst Du auch einfach nur ein Lachen teilen, wenn jemand an denselben Stellen kichern muss, die auch Du amüsant fandest.

Ganz gleich, aus welchem Grund: Nimm Dir doch bitte eine Minute und bewerte meine Geschichte im Shop des Buchhändlers Deines Vertrauens.

Vielen Dank im Voraus für Deine Zeit und Mühe!

Möchtest Du dabei sein, wenn es Neuigkeiten rund um meine Geschichten gibt? Scanne den QR-Code und bleibe auf dem Laufenden!

Wenn Du Fragen hast, Gedanken mit mir teilen möchtest oder Deine Meinung direkt an mich richten willst, schreibe gern eine Mail an:

pino@pinomanzana.de

Vielen Dank!

Zeitfracht Medien GmbH
Ferdinand-Jühlke-Straße 7
99095 Erfurt, Deutschland
produktsicherheit@kolibri360.de